チューニング！

風祭 千
KAZAMATSURI Sen

文芸社文庫NEO

目次

チューニング！

第一章　初夏の憂鬱

　初夏の空に溶けるような透き通った歌声が、イヤホンを通じて脳に響く。登校中に音楽を聴いちゃいけないのは多分市内全中学校共通のルールだと思うが、中二にもなればみんなルールの一つや二つくらい破るものだろう。しょうがないんだ。音楽がないと、私の心は目覚めないから。

　青森市北部の、油川《あぶらかわ》。道路沿いに色とりどりのカカシが並ぶ田園風景の中を歩き、北田《きただ》中学校の白亜の校舎が見えてくる頃には、イヤホンの中の曲は山場を迎えていた。

　ＨＩＤＡＭＡＲＩというガールズバンドの『朝の合図』という曲だ。一番お気に入りのバンドのこの曲を聴くのが、毎朝のルーティン。毎日学校に通う自分へのエールになるような歌詞もそうだが、バックに流れる管楽器の音が爽やかでこれまたいい。

　そのとき、学年主任の先生が乗った車が横を通り過ぎた。やばい、音楽聴いてんのバレたかな。慌ててイヤホンを外し、音楽プレーヤーをポケットにしまう。ボーカルの瑞々しい声はぷつりと途切れ、浸っていたプールからいきなり引きずり出されたみたいな気分になった。一人ちぇっと唇を尖らせ、突き抜けるような空に向かって伸びをしてみる。

私が生まれた日も、こんな天気だったという。水無月半ば、つまりは梅雨真っ盛りなのに、宇宙まで透けて見えるような澄んだ青空。光に溢れたあまりに爽やかな朝だったから、その場で私は「あさ」と名づけられたらしい。ちょっと単純すぎんか？と文句の一つでも言いたいんだが、名前をつけてくれたお父さんは単身赴任中。久しく会っていない。

校門に近づくと、今日も塾のお姉さんがチラシ配りをしているのが見えた。いつも、おんなじお姉さんなんだよな。よろしくお願いしまーす、お願いしまーすと繰り返す声は、演劇部の発声練習みたいにぱぁんと響く。それでもみんななにも聞こえていないみたいに、俯《うつむ》き加減に通り過ぎていった。

ウワサによると塾の人たちって、持ってるチラシを全部配り終わるまではその場から立ち去れないらしい。だけどこっちはこっちで、見向きもせずに颯爽とスルーするのが大人っぽくてカッコいいみたいな風潮があるんだよな。お姉さんのシャツは汗でじんわりと濡れているのに、その作り笑顔は冷たい風にさらされ、凍えそうに見える。

私は、お姉さんに近づくにつれて歩幅を小さくした。

「よろしくお願いしまーす！　よろしくおねが……あ」

自分に向かって伸びてきた私の手を見て、お姉さんがハッと目を合わせてきた。

……そろそろ、顔を覚えられたのかな。

「……いつも、受け取ってくれてありがとう」

風鈴が揺れるような涼やかな声でお姉さんが言った。

ぼぁっと頬が赤くなるのを感じて、緑色のチラシを受け取ると小走りで昇降口へ向かう。それでも、もらったチラシは丁重に折りたたんでポケットに入れた。あいさつ運動の声が、耳に溢れてくる。

黒ずんできた上履きを履いて階段をのろのろと上り、踊り場の鏡の前で赤リボンの位置を整える。冴えない顔をした自分と向き合うと、これから始まる一日がどうしようもなくめんどくさくなった。

肩にかかるくらいの黒髪を束ね、前髪をピンで軽く留めたパッとしない髪型。百六十三センチという地味に高い身長。小さい頃よく「涼しげできれいな一重まぶただねぇ」と褒められたが、世間で可愛いと言われる子の多くは、私とは正反対のぱっちり二重だと気づいてしまった。

自分はなに一つ特別なものを持っていないな、と思う。勉強は中の上、運動は中の下、料理の腕は下の下、顔面偏差値おそらくジャスト五十。中学校に入学してすぐ入ったテニス部は、人間関係が面倒すぎて一か月でやめた。悲観でも絶望でもなく、ただ客観的に「鳴海《なるみ》あさという人間が生きてる意味なんかあるんだろうか」と思ってしまうこともある。

それでもお姉さんからチラシを受け取るとか——誰かの凍った心にちょろっとお湯をかける刹那、自分の存在がその人にとっての意味になったことを感じられる。そのお湯はきっと私の歌声なのだと、小学生の頃は思っていたのだ。


教室に入り、自席の隣の机に大量の塾チラシが置かれているのを見た。緑色の紙が隙間なく敷き詰められるその光景は、通学路の果てしない田んぼ道を思わせる。

「鳴海、それ、いいべ」

犯人と思しきバカ男子連中が、ニヤニヤこちらを見てくる。曖昧な笑みを向けて椅子に座ると、ほぼ同時にチラシまみれの机の主が教室のドアを開けた。元気いっぱいの短髪に、中二にしてはかなりひょろ長い身体。第一ボタンどころか第二ボタンまで全開のワイシャツ姿で登場したそいつは、自分の机を見ると大げさな声を上げる。

「ちょ、いや、お前らマジやめてー！」

教室の色々なところから笑い声が上がる。ヤツが自席まで「なんだよもぉー」と言いながら来ると、バカ男子連中が楽しげにわっと集まってきた。真横がとたんに騒がしくなる。

「いやー、タニシュンは塾に行ったほうがいいんじゃねぇかと思ってさ」

「バァカ、俺天才だから独学で十分だし」

「お前こないだの英語何点？」

「三十二点……言わせんな！」

叫んだ本人――タニシュンも楽しそうにケタケタと笑い、そしてむせた。笑いすぎて咳き込んじゃうところ、幼稚園のときから変わっていない。

タニシュンは、本名を谷岡《たにおか》駿介《しゅんすけ》という。幼稚園時代からの幼馴染で、お互いの家で遊ぶくらいの仲だった。小五でクラスが離れ、一時は疎遠になったけど、中学で同じクラスになったらまた無邪気に絡んできてくれたのが嬉しかった。

部活は吹奏楽部。いじられキャラゆえにたまに変なイタズラを受けるし、本人もよくふざけているんだが、担当楽器のフレンチホルンを持つと目の色が変わる。

タニシュンは机の上のチラシを集めると花束みたいにし、差し出してきた。私を見つめる丸い瞳には、いつも柔らかい陽だまりがある。

「あさ、要らん？」

「要るかアホ」

食い気味に言うと、男子たちは「さすが鳴海」とますます面白そうに笑う。私はどちらかというとあまり目立たないタイプなのだが、タニシュンと仲がいいからこういうタイプの男子にも気安く絡まれる。悪い人たちじゃないことはわかってるけど、ちょっとうっとうしい。

「あ、なぁ、あさ」

タニシュンが、ニカニカと嬉しそうな笑顔で言う。

「Aフェス今年、吹部出ることになったんだよ」

「っ……そ、そなんだ」

その響きは、胸にちくりとトゲを刺す。

Aフェス——。

油川ミュージックフェスティバル、通称Aフェス。毎年八月下旬に、市民センターの体育館で行われるイベントだ。青森県内のちょっとしたアーティストや、子どもたちの合唱団が短いステージを繰り広げる。集まるお客さんはほとんどが油川の住民で、「フェス」なんて大げさなものではないとは思うのだが、毎年温かい盛り上がりに包まれている。みんなセンター内の小さな出店で買ったものを飲み食いしながら、くつろいで演奏を聞くのだ。物心ついたときから小五までは毎年見に行っていたんだけどな……。

私の心の中など知らず、満面の笑みを浮かべるタニシュン。その目尻にできたしわは、えくぼみたいだ。

「楽しみだなー。Jポップメドレーの他に『宝島』って曲やるんだけど、俺これに憧れて吹部入ったってくらい好きなんだよ」

「……へぇ」

「まー、大定番だし吹部なら誰でも憧れる曲だよね！　メインはアルトサックスでソロが超カッコいいから、俺最初はサックス吹きたいと思ってたんだよ。今は、あいつを選んで最高だと思ってるけど——殺す気かっつうくらい難しいけど！」

　また、ホルンのこと「あいつ」とか言って。タニシュン、重度のホルン中毒者なのだ。ホルンは後ろ向きについたベルの中に右手を入れるという独特な演奏スタイルの楽器なんだけど、タニシュンはベル状のものがあっただけで反射みたいに右手を突っ込む。心が落ち着くんだそうだ。運動会の応援のときも、常時右手はメガホンの中にあった。

　ホルンはそれなりに値が張る楽器なので吹部でも買う子はあまりいないそうだが、タニシュンは「ホルン買ってくれるならもう一生誕生日プレゼント要らねぇ」とまで言って親に泣きつき、手に入れたらしい。愛犬の話をするみたいにホルンの話をするから、ホルンにえさを与えて育ててるんじゃないかと疑ってしまう。

　で、要は「フェス見に来いよ」ということなんだろう。そりゃ、タニシュンの演奏は見たいんだけど——。

「あとさぁ」

チラシの束をベル状にして右手を突っ込みながら、タニシュンが言ってくる。

「昨日さ、夕方のテレビでエイトさんの曲流れてたよ！」

う、と思わず変な声が漏れた。なんで、エイト——栄兄《えいにい》の曲が。

「あ？　誰だよエイトって？」

バカ男子の一人、山名孝弘《やまなたかひろ》がデカい声で聞いた。山名はちょっと乱暴者だけど、タニシュンのことが大好きらしくいつも真っ先に絡む。身長は百七十五センチを超えるタニシュンより少し低いけれど、がたいがいいからクラスで一番デカく見えるんだよな。

「知らねぇの？　あさのおじさんだよ！　全国放送じゃなくて県内の番組だけど——ほら、六チャンの『あお盛り！』って夕方のヤツわかんねぇ？　あれで流れてた！」

「マジ？　全然知らねぇ」

「話したことなかったっけ？　俺も幼稚園の頃遊んでもらってたんだよなー。あさとエイトさんと俺と、三人で遊ぶのめっちゃ楽しかったよな！　な、あさ」

私はタニシュンから目をそらした。いやだ……目だけじゃなく話題もそらしたい。

「た、タニシュン昨日部活なかったの？」

吹部なら、夕方のテレビを見られる時間帯に帰ることはまずないはずだ。

「いやあのな、親が夕方たまたまエイトさんの曲流れてるのに気づいて、慌てて録画したの。だから俺、夜の九時くらいに飯食いながら撮ってあったのを見たんだよ。これから毎週流れるみたいだから、楽しみだなぁ」

昔からなにも変わらない笑顔。栄兄もタニシュンの笑う顔が大好きで、幼稚園の頃はよく頭を撫でまわしたり膝に乗せて歌を聞かせたりしていたな。

栄兄——磯田栄人《いそだえいと》は、お母さんの弟にあたる人物、すなわち私の叔父である。私を音楽の世界に引きずり込んだ張本人こそが実は彼なのだ。

栄兄は、ミュージシャンだ。ただし、青森県内限定の。「エイト」という本名をカタカナ表記にしただけの芸名とギター一本だけを携《たずさ》え、定職にも就かず、県内を巡って歌いまくる金髪男。ヤツは私をえらく可愛がり、私もまたかつてはヤツにえらく懐いていて、気づいたらギターを抱えていた。週末、一緒に日が暮れるまで音楽で遊ぶような時期もあった。

栄兄が音楽にのめり込んだのは、高校でバンドを組んだことがきっかけだったらしい。Ａフェスには、そのバンドで出て以来、解散してからも毎年ソロで出演していた。最終的には運営にまで手を出していた。

昔は栄兄の存在を周りにひけらかしてさえいたけれど、今は進んで栄兄の話をすることなんか絶対にない。

そして、「Aフェス」という響き一つでちくりとトゲが刺さるこの胸を、どうにかできないもんだろうか——。

顔を歪めて話題が移り変わるのを待ったが、案外時はすぐにやって来た。

「あの」

どんちゃん騒ぎの中、誰かがため息交じりの声を出す。タニシュンの前——つまりは、私の斜め前の席の、関慎二《せきしんじ》だ（ダジャレみたいになってしまった）。

黒縁のメガネをずり上げながら振り向き、ものすごく嫌そうにのたまった。

「なんでもいいけど、毎朝近くで騒ぐのやめてもらえないですかね。すげぇ邪魔」

そう言う関が解いているのは高校の数学。関は、学年で一位二位を争う成績優秀者だ。全教科オールマイティにできて、将来は医者になりたいらしい。小さな身体やしわのないシャツ、きれいに整った黒髪を見ると、なんとなく「おぼっちゃま」という言葉が浮かぶ。

「は。邪魔ならお前が廊下出ろや」

山名が、低い声を出した。関と山名——いや、関とこのクラスの大多数の人間とは敵対関係にある。頭がいいからって他人を見下すような態度をとるヤツは誰だって嫌うだろう。

「学校って勉強しに来る場所だよね。出て行くのはお前らみたいな猿のほうだよ」

関は、いつもド正論だが言葉のチョイスが人としてゼロ点。メガネの奥の瞳は、案外ぱっちりしているけれど輝きがない。

こういう小競《こぜ》り合いが至近距離で頻発するもんだから、やってらんない。

輪の中にいた別の男子――佐々木《ささき》も、応戦する。

「お前、うぜぇってよく言われない？」

「あー。下品な連中ほどよく言ってくるかな」

皮肉たっぷりに言う関。山名の眼光がどんどん鋭くなってくる。久しぶりに大ゲンカが始まるか、と思ったところでタニシュンが柔らかい声を出した。

「まぁまぁ朝からケンカすんなって、血気盛んなヤツらめ」

おっさんみたいな言い方に、みんななんとなく力が抜ける。タニシュンは瞬時に五歳児みたいなニコニコ顔に表情を切り替え、関にチラシの束を差し出す。

「関、塾のチラシいる？」

「は？」

関の鋭利な声に少しひるみつつも、タニシュンは人懐っこい笑顔を崩さず言った。

「もー、冗談だよ！　関は頭いいから塾行かなくて大丈夫！　ごめんな、邪魔しちゃって」

からかわれているとでも思ったのか、関はますます顔をしかめる。いるんだな、本当に冗談が通じない人って。戦争秒読み状態から抜け出せたのはよかったけれど、さすがに呆れる。こんなヤツにも笑顔を向けられるタニシュンは、やっぱりすごい。

タニシュンは山名の脇腹をつんつんとつつき、親指で廊下のほうを指した。

「体育館行かね？　ホームルームまでまだ三十分くらいあるし」

「お、おぉん……」

山名は朝から体育館？　みたいな顔をしながら頷《うなず》いたけど、これはこれ以上関と他の男子を絡ませないためのタニシュンの配慮なんじゃないかと思う。いや、そこまで考えてないか……。

男子連中がいなくなって静かになったけれど、一難去ってまた一難というか、間もなくものすごくめんどくさいヤツがやって来た。

「おっはよー！」

音符が飛ぶような弾けた声で現れる女があった。白い肌、栗色のボブヘア、くりくりの目、くるんと上を向いた長いまつ毛、丈がひざ上のスカート（最初は注意されていたけれど、近頃は先生たちに諦められている）。

「マジおはよー！　関くん、おっはよ！」

「……どうも」

彼女――かなみんこと津田夏南《つだかなみ》は、関の隣にある自席（どうしてもダジャレになってしまう）に背負い投げのような勢いでカバンを置くと、スキップしながら女の子たちの輪の中に入っていく。乱雑に置かれたカバンは、傾いて関のほうにどさっと落ちた。関はものすごく嫌そうにため息を吐き、再び机に向かう。拾ってあげないところが、らしいね。

「ねぇ聞いてー、昨日二組のユウナと駅前のカフェ行ったらねー！」

友達の髪をベタベタ触りながら、クラス全員が聞き取れるくらいのボリュームで言うかなみん。そのちっちゃい身体のどこからそんな爆音が生まれるのか教えてほしい。

「んでね、そのときウチすっぴんだったからマスクしてったんだって！　そしたらさぁ、マスクつけてること忘れちゃってさぁ」

「うわー、もうやな予感しかしないんだけどぉ」

「そうなんだって！　マスクつけたままストロー吸っちゃってさぁ」

きゃはははぁ、バカじゃないのあんたと女子たちが手を叩いて笑う。女の子の笑い声って、男子のとはまた違った騒がしさがある。たとえるなら……サイレン？

「ほんっとアレ、友達と一緒だったからよかったけどね、一人だったら恥ずすぎるじゃん」

はーあぁちょっとサボってた社会の宿題やるかなー、と言いながらかなみんはこっちに近づいてくる。そして、自分のカバンが落ちていることに気づき大声を上げた。

「いやぁちょっと関くん、カバン落ちちゃってたぁ！　邪魔だったでしょごめんねぇ！」

　サイレンボイスのかなみんもかなみんだが、この状況でガン無視の関も関だ。だけど、恋する乙女は全然折れない。かなみんは、関の顔を覗き込むようにして言う。潤った桃色の唇が甘ったるくほほ笑み、私が男なら落ちちゃうかもなと思った。

「ごめんね、ほんとごめんね関くん？」

「別に」

「怒ってる？」

「別に」

「ほんと？　でもなんか浮かない顔してるよ？　疲れてるんじゃない？」

「別に」

「別に」しか言わないようにプログラミングされたロボットと化した関にも、全くひるまない。かなみんは、多分——いや、百パー関のことが好きだ。名簿順の座席で隣同士になった時点で、恋の糸かなにかで繋がっていると信じきっているらしい。パリピ日本代表みたいなかなみんが、なぜに関みたいなガリ勉メガネくんを好きになったのかは学校の七不思議。

　私は、恋愛というものが未だによくわかっていない。身近な大人はみんなそれなりに結婚しているし、そのためには男の人と付き合わなきゃだし、じゃあ私もいずれは恋愛するのかな……とぼんやりは思うけれど、どうやっても男子と手を繋いでいる自分の姿なんて想像できない。まあ、幼稚園の頃はよくタニシュンと手ぇ繋いで歩いてたけど。

「あ、あさちゃんもおはよー」

「おはよ」

一応視界に入ったからついでに、みたいな適当なおはようをくれるかなみん。しょうがないよなあと思いつつ、若干心がズキッとする。

「はぁー、にしても久々に晴れてていい朝ぁ！　ねぇ関くん、お話しようよたまに。ウチの家、カフェなんだよ！　知ってる？」

唐突な質問に、関は寝起きみたいなダルそうな声を出した。

「知ってる」

ウソつけ。

「え！　知ってるの？」

「うん、知ってる知ってる」

上半身を伸ばして覗くと、関はもはや数式なんだかアラビア文字なんだかよくわからないものでノートを埋めながら返事をしている。ええ、マジでぇ！　と喜びの声を上げるかなみんだけど、まさか真に受けてないよな。

「え、誰から聞いたのー!?　んじゃあ、ウチのトマトケーキも知ってる?」

「知ってる」

「ほんと!?　食べたことある?」

「知ってる」

「あるのぉ!?　美味しかった?」

「……社会のワーク、やれば?」

さすがに黙り込むかなみん。関は、残念だけど今のところかなみんのことなんて、「クラスメイトB」くらいの認識だろう。

でもさ、かなみん、私はかなみんの家のトマトケーキ、本当に好きだよ——。

そう思ったとたん急に心の奥底から悲しいなにかが突き上げてきて、思わず横を見た。こういうときにすがりたい笑顔は、今は体育館にあるのだった。

＊

学校での長い一日を終えて外に出ると、音楽室のほうから吹部の演奏が聞こえた。

サンバみたいな、楽し気な曲。これが、『宝島』なんだろうか。カッコいいしお洒落なのにとっつきづらさがない雰囲気が素敵で、これに憧れて吹部に入る気持ちがなんとなくわかるような気がしてきた。聞けば聞くほど、生き生きとホルンを吹いているタニシュンの姿が目に浮かんでくるようだ。

タニシュンはもともとひどい喘息持ちだったんだけど、吹部に入ってしばらくしたらめっきり発作が出なくなった。身体も心も、ホルンのおかげですごく丈夫になったんだと思う。ホルンチームは数人いるけれどタニシュンは群を抜いてうまくて、去年の文化祭では一年で唯一ソロを任されていた。タニシュンがホルンを奏でているとき、周りに草原みたいなものが見える。その姿には、雄大な自然の中で一人ホルンに生命を吹き込んでいるみたいな、自由さと荘厳さがあった。

「ホルンってあんまり主旋律吹くことないけど、縁の下の力持ちの割に急に目立つところが魅力でさ。サックスとかトランペットの音も賑やかでいいけど、やっぱ俺はホルンの優しい音が一番好き！」

正直、素人の耳には音の違いはそんなにはっきりはわからない。でも本当に嬉しそうに話すから、なんだかこっちも嬉しくなって、つい頷いちゃうんだよな。

ちなみにタニシュンは愛嬌のある顔ではあるが、けっしてイケメンじゃない。だけど、夢中になってなにかに打ちこむ姿はいつだってキラキラしている。タニシュンが輝けば輝くほど、自分は情けないなぁと思う。

自己否定が始まると、いつも私の足は自然と音楽スタジオのほうへ向かう。踏切を越え、家とは反対方向へ続く道を歩き始めた。宿場町の風情が漂うメインストリートを行くと、黒く塗られた小さな建物が視界に入る。

音楽スタジオ……と呼んではいるものの、そこはボロ小屋に等しい。栄兄の高校時代のバンド仲間が知人から頼まれて管理しているスタジオだ。小さい割にちゃんと設備がそろっているし、中学生までは無料という懐の広さだからいいけど。錆《さ》びついた扉を開け、中に入る。

それにしてもいつからだっけ。奏でることが夢から、ストレス解消法に成り下がったのは。

床いっぱいに広がるようなため息を一つ漏らし、事務室の扉をノックする。はいー、と声がしたので、ゆっくりとドアを開けた。

まぶしい青色が、パッと目に映える――。

「すみません、部屋借りたいんですけど……」

「はいよー……って、あさ!?」

事務椅子の上で一人退屈そうに音楽雑誌を眺めていたマコトさんが、目を真ん丸にして勢いよく立ち上がった。鮮やかなマリンブルーのポニーテールが、背中の後ろでしっぽみたいに揺れる。

「うわぁ、あさぁ！　久しぶりじゃん、元気だった!?」

「すみません……勉強とかで忙しくて」

言っても、二か月ぶりくらいだと思うが。それでも、マコトさんは三十年ぶりの再会かなってレベルのテンションで手を握ってくる。

「なんもないときはちゃんと毎日顔出すんだぞー！　もう、ずっと心があさ不足だった！」

「あさ不足って……栄養素みたいに言わないでくださいよ」

あっはっは、と事務室に響く声で笑うマコトさん。黙っていればきれいな大人のお姉さんなのに、こうやってはしゃぐと実年齢の二十八よりうんと若く見える。

マコトさん――菅原真琴《すがわらまこと》さんこそが、この音楽スタジオの管理人だ。栄兄たちのバンドではアコースティックギターを担当していたらしく、高校を卒業したあとも栄兄とマコトさんは仲良しだった。昔はよく、私も含め三人で演奏したり遊びに行ったりしていた。中学生になってからは一緒に出かけることはなくなっていたけれど、こうしてスタジオに来ればいつも明るく迎えてくれる。

ボードに使用時間を記入すると、演奏に必要なもの一式を借りる。全て受け取ると、マコトさんはニコッと笑って右手を上げた。

「んじゃ、ゆっくり歌っていきな」

私はマコトさんに軽く会釈《えしゃく》すると、部屋がある二階へ続く階段を駆け上がる。

部屋に入ると、レンタルの白いエレクトリックギターをアンプに繋いだ。ふぅと息をついて椅子に座り、それを構える。ピックを持って弦をはじく。

ギュイーン……。

部屋の空気ごと震えるような響きに、思わず頬が緩んだ。今日一日でためた色々な憂いの全てをずたずたに切り裂くような元気な音。若干不協和音ではあるけれど、細い線を伝わって、魂みたいなものが腕を伝わり、全身の細胞に染みた。久しぶりだなぁ、この感覚。

「……ちょっと、チューニング必要だな」

チューニングは、楽器の音程を正しいものに合わせる作業だ。私はクリップチューナーをヘッドにつけた。ピックで第六弦を撫でると、チューナーが赤く光る。このチューナーは、弦の音が合っていないと液晶が赤くなるタイプのものなのだ。ペグを調節し、やっと正しい音を示す緑色に変わったかと思えば、わずかな誤差でまた赤くなる。

弾く前の準備作業なのに、昔はこれすらうまくできなかった。初めてギターに触れたのは五歳のときだけど、小学生になってからも一向にチューニングはうまくできるようにならなかった。だって、直ったと思ったのにすぐ音がズレちゃうんだもん。

そういうときは、いつも栄兄がチューニングを手伝ってくれていた。だから、今でもこの作業をしているときは自然と栄兄の横顔が浮かんでくる。

「こうやして、ペグばちょっとずーづ回して……」

慣れた手つきでギターの音色を整えていく栄兄。私は、栄兄の手の動きや表情に自然と釘づけになる。

安っぽい金色の髪で、ダメージジーンズを穿いて、コテコテの津軽弁を話す栄兄は、歌っていなけりゃただのマイルドヤンキー野郎。

それでも目は、いつも小さな男の子みたいに煌《きら》めいている。その瞳も、きれいに整った顔立ちも、楽しそうな笑顔も、昔の私は大好きだった。

私は両親が共働きである上、一人っ子だ。家では寂しくすることも多かったけど、栄兄が遊んでくれるからいつも楽しかった。十四歳差――いとこでもおかしくないくらいの年の差だから、あんなに仲良くなれたのかな。

音が完全に合うと、栄兄はニカッと笑ってギターを私に渡してくる。

「ほれ、一丁上がり。思いっきりかき鳴らせ！」

素直にありがとうと言って受け取ると、栄兄は顔をほころばせ、ゴッゴツした大きな手で髪を撫でてくれる。その瞬間のぬくもりが好きで、ついついチューニングはいつも栄兄にお願いしてしまう。最終的にはチューニングしてほしいんだか頭を撫でてほしいんだかわかんなくなってたな。

結局、中学に入ってからかもしれない。一人で、こんなにまともにチューニングできるようになったのは。

おおかたの音が合うと、私はスッと息を吸い込んだ。あ、あー、とウォーミングアップに喉を動かせば、少しかすれた声が出てくる。女子中学生なんだから、もう少し可愛げのある声が出てもいいのになと思う。

少し前にやっと歌えるようになった『朝の合図』で、行こう。

手首を鳴らし、私はギターの弦を撫でる。指の腹に弦が食い込む感覚が心地よい。手の動きに合わせて響く爽やかな音色に合わせ、歌い出した。喉が、少しずつ温まっていく。気づくと、私は立ち上がり、身を揺らしていた。

やっぱり、なんだかんだ言って音楽はいい。憂鬱に覆われた空が、ちょっとずつ晴れていく。

目を閉じると、通学路の風景が目に浮かんだ。夏の青い田んぼに私の歌声が光となって降り注ぎ、稲穂が金色に色づいてお辞儀していく。道路脇のカカシたちが、喜んで踊り出す。私もスキップしながら喉を震わせる。淡いオレンジ色の空から、音符の雨が降り注ぐ――。

突然、ドアのところで楽しそうな声がした。

「いい声だなー、ほんっとに」

え？　と慌ててギターを弾く手を止め、正面を見る。マコトさんが入り口付近の壁に寄りかかってニコニコしていた。

「マジでエイトに似てるわぁ、あさの歌い方。影響もろに受けてんじゃん」

赤くなった頬を押さえる。今の妄想を全部覗かれたような気になった。

「似てないですよ、全然」

いかにも心外だ、というような声を作り、お飾り程度についた小さな窓を見る。淡い紫の混じった夕空が広がっていた。

「だって、私、あんなんですか？　栄兄って、紙やすりで削ったみたいな声しませんん？」

栄兄の歌声は、やすりで喉を粗く削ったようなしゃがれ声なのに、包みこむような優しさもある。本人は「しゃがれ声でねくて、ハスキーボイスって喋れじゃ！」と笑いながら文句を垂れていたっけ。

マコトさんは、相変わらず楽しそうに言った。

「まーねー。エイトのヤツ、ライブの前は必ず紙やすりを喉の奥につっこんでこすってたからなぁ」

「え！」

思わず、そらしていた顔をパッとマコトさんのほうに向けた。お腹を抱え、大声で笑うマコトさん。

「冗談に決まってんじゃん！　可愛いなもう！」

可愛くないでしょ。グロいでしょ。

マコトさんはひとしきり笑ったあと、涙を拭いながらつかつかと部屋の中に入ってきて、床に大の字になる。どんだけ自由人なんだ、本当に。

「声じゃなくてさ、歌い方が似てるってんの。息の出し方とか裏声の使い方とか、絶妙なエッジの効かせ方とか。高校のときのバンドメンバーにあさの歌聞かせたら、エイトの姪っ子ってわかっちゃうよ。なんならエイト本人も似てるって言うかもね！」

黒い天井と向き合い、楽しそうに言うマコトさん。大げさだなぁと思いつつ、なんだか胸がぎゅっとなって俯いた。マコトさんは首だけ私のほうに向けて続ける。

「あたしは、あさの声は割れた水色のラムネ瓶みたいだと思ってる」

割れた瓶。褒め言葉なのか悪口なのかとっさに判断できなかったけれど、マコトさんの潤み光る瞳を見れば、前者だとわかる。

「粉々に割れて中のラムネと一緒にアスファルトに散らばってるけど、そこに陽が差してキラキラ輝いてる。そんな感じの声」

「……」

正直ぴんと来なかったけど、マコトさんの優しい表情を見ていたら最上級の褒め言葉なんじゃないかと思えてきた。ありがとうございます、と自分の耳にだけ届くくらいの声で言う。

「そういえば、マコトさんなんで来たんですか？　用事？」

「なんだよぅ。来ちゃダメなのかよぅ」

ぶん、とほっぺたをふくらませるマコトさん。そういうことじゃないけど、歌っているときに乱入してくるのは多分初めてのことだし。それに、さっきからやけに引っかかっているのは、顔だ。言うなら、クリスマスの翌日、枕元にプレゼントを見つけた子どもの顔。親に「あらぁ、それなにー？」と聞かれて答えるときの、ちょっと照れつつも嬉しさを隠しきれていないはにかみ。マコトさんは、なにか――少なくとも彼女にとってワクワクするものを隠し持っている。

マコトさんは寝転がったまま続けた。

「いやー、実はね、ちょっと相談というか、話したいことがあってさ。……今年のAフェスがね？」

ああ……そういえばマコトさん、最近Aフェスの運営スタッフになっていたんだっけ。一日に二度も「Aフェス」って言葉を聞くのは珍しいぞ。

「なんか、同じ日に青森駅前でも似たようなイベントがあるらしくて、そっちに出演者とられ気味らしいんだよね」

「そう、なんですね」

「それでなんだけどさ」

ふっ、と腹筋を使って起き上がるマコトさん。キラキラの笑顔で、私の顔を見る。

「あささん、出ませんか？」

「はい……ん？」

間の抜けた声が出る。やっぱ可愛い、と目尻を下げてマコトさんは言う。

「Aフェスで歌わない？　ギターの、弾き語り」

「いやいやいやいやいやいやいや」

やめてってって、そういうの。いくら小さい頃から多少歌いギターを触っていたからって、別に私は栄兄みたいにステージに立ったことがあるわけじゃない。栄兄やマコトさんにしか演奏を聞かせたことのない私が、いきなり油川の皆さんの前にだなんてどうかしてるって。……同級生も、来るだろうし。

「だってそれって一応ちゃんとしたアーティストとか団体が出るイベントですよね。私、人前で歌ったことないし、ていうか、友達とカラオケ行ったこともないんですけど」

「構わん！　Aフェスの参加資格はただ一つ。音楽を愛してるってことだけ！ —

言うと、マコトさんは青いエレキギターを持ってきて抱えた。アンプに繋ぎ、じゃーん！　とギターを鳴らす。私は、能天気な彼女にちょっと腹を立てながら大きく息を吐いた。

「無理ですよ、そんな……」

「乗り気じゃないの？　あさ、ミュージシャンになるのが夢なんじゃなかったの？」

ズキッ、と胸が痛む。ふいに痛みを与えられたことへのいら立ちで、少し尖った声が出た。

「あの……」

マコトさんは、チューニングしながらニコニコと私の返事を待つ。

「ん」

赤、緑、赤、緑と、チューナーの色はめまぐるしく変わる。

「テストも近いので、出れないです」

マコトさんは「え!?」と声を上げた。とっさに、いい口実を思いついたものだ。

「なに、テストってなんの？」

「その時期に夏休み明けの模試みたいなのがあるんです。もう二年生だし、テスト前に遊んでる場合じゃないので」

マコトさんはまだなにか言おうと息を吸い込んだけれど、私はギターを置くとダッと部屋の外に出て、スタジオを飛び出し、茜の道を駆け出した。さすがにこれで走って追いかけてくるほど、マコトさんはやばい人じゃなかったはずだ。

案の定、角を曲がり、少し進んだところで振り向いてみると人影はなかった。

なにが、ミュージシャンになるのが夢なんじゃなかったの、だ。もう、私は子どもじゃないんだ。

息を切らしながら道端の小さな石を思いっきり蹴《け》飛ばそうとしたら、失敗して地面に爪先を叩きつけただけの人になった。

痛いな——どこが？

アパートに帰っても、誰もいない。靴下を脱いで洗濯かごに入れ、ペタペタと音を立てながらリビングに向かう。淡い夕方の光が包む物音一つない空間。制服を着たまま、ソファに倒れ込んだ。

あぁ、早く制服かけてお風呂溜めなきゃ。宿題やんなきゃ。

あさ、ミュージシャンになるのが夢なんじゃなかったの。

あー、うるさいうるさい。マコトさんの声を振り切るように勢いよく立ち上がる。

風呂場に行って栓をしめ、乱暴に蛇口をひねる。数学の宿題を開いて、安いシャーペンを滑らせる。きゅっきゅっという音が気持ち悪い。

実を言うと、Ａフェスに誘われて、それを断るのは人生で初めてじゃない。小六の今と同じくらいの時期、栄兄が私をＡフェスに誘った。

「あさもさぁ、そろそろステージ立とうぜ。最初はわぁが歌っちゅー横で、ギター弾くだけでもいいはんで！」

マコトさんと同じように、スタジオの一室で切り出してきた栄兄。

ちなみに、「わぁ」っていうのは青森の人が使う一人称だ。そのときは、コテコテの津軽弁も、ファッションも、青臭い発言も、なにもかもダサいと思った。

私は、栄兄を極力視界に入れないようそっぽを向いて答えた。

「無理だから、そんなの」

この頃、私と栄兄の関係はぎこちなかった。いや、私が一方的に栄兄の存在を恥じるようになっていた。

「無理って、最初から決めつけるなじゃあ。ミュージシャンさなりてぇんだべ？」

「しつこいな。嫌だって言ってんじゃん」

栄兄を視界に入れないように心がけながら何度も拒否していると、さすがの栄兄も諦めた。冷たい人間だと思ってくれるな。頑《かたく》なな態度にだって、それなりの理由はあったんだ。

確かに私にはミュージシャンになりたかった時代もあった。ミュージシャンになりたいとみんなの前で口にしたこともある。小五のとき、将来の夢を発表し合おう、みたいな授業でのことだった。発表している最中は夢中で、みんなの反応なんて目にも入らなかった。それくらい、この頃の私は本気だったのだ。口癖のように「音楽は、関わる人すべての心をあっためるんだ」と聞かせてくれた栄兄の影響を受けて、純粋な子どもの私は、自分も栄兄みたいにたくさんの人を喜ばせる音楽を作っていきたいと思った。

でも、子どもっていうのは、純粋なだけでなく残酷だった。

「鳴海ぃ、お前ミュージシャンになりてぇのぉ」

授業が終わったあと、クラスで一番お調子者の男子に言われた。バカにしているのが一発でわかるような言い方で、私はもじもじしながら俯くことしかできなかった。

「鳴海はケンジツなこと言うと思ってたから、ちょっと意外だったなぁ」

「やっぱオジサンの影響だろ」

別の男子の言葉に、私はハッとした。低学年の頃さんざん自分の叔父はエイトだと言いまくっていたから、みんな当たり前のように知っていた。

「全国版のテレビに出るならわかるけどさぁ、青森のテレビにだけ出てるのってなんだかなぁ」

「こないだ、あの人が青森駅の前の『ここでの路上ライブは禁止です』って張り紙の前で歌って、お巡りさん来てるの見たぜ」

カァッと顔に熱が集まった。自分の赤面症を自覚したのはこのときが最初かも。

「鳴海も、あんな感じになりたいんだな」

ミュージシャンになりたいとか、ダッセェ。さすがにそこまで直接的には言われなかったけれど、あいつらの顔にはそう書いてあった。こんなヤツらの言葉に傷つくもんか。そう言い聞かせたが、帰り道ボロボロと涙が溢れて止まらなかった。

栄兄は、ミュージシャンという存在は、みんなの目にはそんな風に映っていたのか。最初は気を強く持とうと思ったけれど、私の夢は折れたまま元通りにはならなくなった。

六年生になる頃には栄兄への憧れなんてほとんど残っていなくて、エイトを叔父に持っていることは高度なプライバシーと化していた。そんな中、栄兄に誘われたAフェス。

断らなきゃよかった、と何度後悔したと思う？　でも、誘いに乗っていたところで私になにができただろう。肩書きが中学生に変わっても、一向に答えが出る気配はない。

ガチャッと玄関の扉が開く音がした。お母さんだ。

「ただいまー」

「おっがぇりぃ」

わざとおどけた感じで言って、自分の感情を立て直そうとする。お母さんは、手も洗わずに上着を脱いで寝室のクローゼットに向かった。おおざっぱなんだよな、色々と。ご飯あったためてて、と言われて私は冷蔵庫を開いた。冷気が、頬に触れる。

寝室から戻ってきたお母さんは、初めてちゃんと私の姿を捉えてぎょっとした。

「ちょっとあんたまだ制服着てんの。早くかけてきなさいよ」

「疲れちゃってさぁ。あー……そういや、スカートにちょっとみそ汁こぼした」

「あー、さすがにクリーニング案件だねそれは。ポケットの中身全部出しといて」

冷蔵庫から出したおかずをレンジにぶち込み、ポケットの中に手を入れる。大量の塾チラシが出てきたのを見て、顔をしかめるお母さん。

「あんたぁ、また余計なチラシばっかもらってぇ。断りなさいよぉ」

違うんだよ。この紙にじゃなくて、私がこの紙をもらうことに――お姉さんが喜んでくれることに意味があるんだよ。

「そういえばあんた今日、マコトちゃんに会わなかった？」

「……へ？」

なんで知っているのか。なんと言うべきかわからずかたまる私に、ちょっと呆れ顔で言うお母さん。

「帰り、マコトちゃんとすれ違ってね。あさ、Aフェスに誘われたんでしょ。いいじゃない、出なさいよー。マコトちゃん、『断られたっ！』って半べそかいてたよ」

「……出ません」

マコトさんめ……お母さんまでそっち側に引き込むなんて卑怯《ひきょう》極まりないな。

お母さんは鼻歌を歌いながら仏壇の前に座った。線香に火をつけると、遺影に向かって嬉しそうに言った。

「エイトー、あさ、Aフェスに出るって」

「出ないよ！」

慌ててお母さんの肩に飛びつくと、お母さんは危ない危ない！　と顔をしかめながら線香を置いた。普段は見ないようにと避けている栄兄の笑顔をモロに視界に入れてしまい、思わず顔をゆがめる。

相変わらずの、「都会に憧れるイタイ田舎者」と画像検索したら真っ先に出てきそうな見てくれ。もう少し歳を食えば正統派のイケメンになれたかもしれないのに、栄兄は二十六歳の姿のまま遺影の額の中に閉じ込められてしまった。神様も無情だ。いくら栄兄が「神様なんて信じねえ、信じるのは自分自身だぜ」みたいな類の曲を作って歌っていたからって、こんな若さで天国に連れて行ってしまうなんて。

しかも、私が出演を断った、二年前のAフェスの朝に。

心臓が原因の突然死だった。フェスの朝、いつまでたっても会場に姿を現さない栄兄を心配したおばあちゃんが様子を見に行ったら、玄関先で倒れていたそうだ。そんなことあるもんか、と思った。今もちょっと思っている。

でも、私のチューニングを手伝ってくれる温かな手は、もうどこにもない。

「エイトもあさが歌うなら来てくれると思うよ。なんならハモり出すかも」

「こわいこと言わないでよ。私、幽霊苦手なんだから」

にらみつけると、お母さんは「こわくないでしょうよ」と苦笑いで言う。お母さんも、私がまだ音楽に生きる人間を目指していると勘違いしているんだ。うんざり。

私はミュージシャンなんか夢見ていない。誰かさんみたいに、バイトで生計立てながら青森県内だけで活動して、駅前で路上ライブをしてお巡りさんのお世話になって、一丁前にミュージシャンを名乗るような人間にはなりたくない。ましてや、ろくに休みも取らず不摂生な生活を続けて、ぶっ倒れて、誰にも別れを告げずにいなくなるなんて最悪だ。

昔は、いくつになってもがむしゃらに自分のしたいことを追い求めるのはいいことだと思っていた。栄兄はただただカッコいいだけの存在だった。栄兄のように定職につかない人がフリーターと呼ばれ、それが非正規雇用労働者ナンタラとかいう類の大問題だなんて理解もできなかった。栄兄から私を遠ざけたのは、身についてきた常識だ。

「この内弁慶。全国区になる努力くらいしたらよかったんだよ」

思わず、遺影に向かって台所から悪態をついた。写真の中の栄兄は、自分の運命も知らずにただ笑っている。

今にも「あさ」と名前を呼んでくれそうな栄兄。その面影を振り切るように、私はクローゼットに向かう。

＊

翌日、四時間目の学級活動の時間に先生が弘前《ひろさき》市内自主研修についての話をした。北田中学校では、毎年二年生が翌年の修学旅行の練習がてら、近隣都市の弘前市で宿泊を伴う自主研修を行うことになっている。

青森駅から電車で一時間弱くらいのところにある弘前は、桜の名所として有名な城下町だ。レトロな喫茶店が多く、青森とはまた違うお洒落さがあってとても素敵。プライベートじゃ一年に二回くらいしか行かないから、それなりに楽しみだ。

ただ……こういうイベントってスタートダッシュはだいたい地獄なんだよな。「班決め」っていうヤツなんですけどね。

「お前らケンカしないでちゃんと決められるんだろうなぁー？　もめてこの時間内に決まんなかったら、名簿順の班にするからな」

　先生の言葉にえぇー、とどよめくみんな。私はもめるくらいなら、あと相当嫌な人が一緒にならなければ名簿順でも一向に構わないんだけどな。

　担任の村井《むらい》先生は、四十くらいの男の先生。一応社会の先生なんだけど、バキバキの筋肉を見る限りじゃ完全に体育教師だ。

「班は、男子二人女子二人の四人グループにするように。このクラス、男子も女子もちょうど十六人だからうまくいくはずです」

　その「うまくいく」ってのは、無作為に抽出して組んだ場合の話だろう。誰と誰がくっつくとか、奇数人グループの女子なら誰が抜けるかとか、根が深いんだぞ。

　ここで、少しハッとする。他人事のように、大変だなぁ……なんて思っていたけれど、私自身一緒になるほど仲がいい女子がいないことに気づいたのだ。思えば春先からずっと席替えしないままの状態で来て、ずっと横にタニシュンがいて一緒に話してたから、これといった女子の友達ができていなかった。

　もう、みんな話し合い始めている。なになにちゃん一緒に行こー、って、あちこちで女子が席を立って交渉し始めている。もちろん誰も、私のところには来ない。

「おーい、あさ、聞いてるかー」

「えっ？」

横を見ると、タニシュンの怪訝《けげん》そうな顔があった。

「大丈夫？　めっちゃぼーっとしてたけど」

「あ、うん。平気」

「ならいいんだけど。一緒に行く……よな？」

「え？」

「え？」

お互いの顔を見る。タニシュンはちょっとびっくりしたような顔をしていた。

「いいの？　私で」

「え、な、なんで？　ダメ？」

「いや……ううん。でもだってほら、一緒になる男子から先に決めなくて大丈夫？」

「山ちゃんかなぁ、って思ってたけど。でもあさが嫌なら考え直すよ」

「いやそんな、私基準で考えなくていいから」

どうでもいいけど、さっきからせっせと問題集に励んでいる関は、班決めにすら参加しない気なんだろう。当日だって、「時間の無駄」とか言って本気で欠席しそうだ。

突然、教室の窓際あたりから甲高い声が上がった。

「やだ！　ねぇ、一緒に行くって約束したじゃん！」

涙目で叫ぶように言うのは、かなみんだ。どうやら、いつも一緒に行動している五人グループで話し合った結果、かなみんが独りぼっちになってしまい、仲良しの子に泣きついているみたい。ほらな、言わんこっちゃない。

「かなみん、大丈夫かよ」

苦笑いしながら言うタニシュン。私も似たような笑みを返す。

「別に、俺らの班に入ってもらっても構んねぇけどな」

嫌だよ。かなみん、私といたって楽しくないんだから。

「あさ、誘ってきたら？」

「え？」

びっくりしてタニシュンの顔を見る。なぜか、相手もぎょっとする。その、人の驚いた顔を見てそれを上回るびっくりした顔するの、やめてほしい。

「え、いや、だってさぁ。俺が誘ったらナンパみたいになるじゃん。あさが行ったほうがいいって」

「誘ったらナンパって、あんた私のことは誘ったじゃん」

「だっ……いや、あさはだってほら、そういうのと違ぇもん、ねぇ？」

少し目を泳がすタニシュン。ねぇ、ってなんだ。

「だいたい、あさとかなみん、昔から仲良しじゃんか」

仲良し、という言葉にドキリとした。いつの話をしているんだろう、だってあの子は――。

「あ……もしや、ケンカ中とかか？」

タニシュンのデリカシーにかける言葉にちょっとイラっとした。なんかもう、やけくそだ。

私ははっきりは答えず、竹馬に乗っているかのようなぎこちなさでかなみんと女子たちのところへ歩いた。みんな不審なものを見るような目でこっちを見てくる。失礼しちゃうぜ。

私は、「腫れ物に触るよう」を体現したような猫撫で声で聞いてみた。

「か、夏南ちゃん、入る？　タニシュンと、私の班だけど」

くるっと振り向いたかなみんは、大きな目いっぱいに涙をためていた。ダメだ、可愛いもんは可愛い。うかつにも心臓をずきゅんと撃ち抜かれそうになる。

「だから、ウチはミユキと行くって約束したのぉっ！」

でも、肝心のミユキさんは別の女子と腕を組んでいる。彼女は困惑を隠しきれない私に「かなみんの、勘違いなの」と首を振ってみせた。もう、なんか誘うとかどうとかを通りこして、「こいつを引き取ってくれよ」みたいな雰囲気。私は駄々っ子のようにぺたんと床に座っているかなみんを、必死に説得しようとする。

そうこうしているうちに、タニシュンの周りにはいつもの男子連中が群がり出した。私がいなくなったとたん、そりゃもうハイエナのような勢いで。

「タニシュン、入れてくれ！」

「いや俺」

「俺も入れてぇ」

まんざらでもない顔で頭を掻くタニシュン。モテモテか。

「もぉ、お前ら、六人なんだから二人ずつで組んだらちょうどじゃんか」

「それじゃあタニシュンが一人になっちゃうだろー」

楽しそうな輪の中で、山名がなにかをひらめいたのかパチンと指を鳴らした。そういうことだけ器用にできるんだから。

「んじゃ、あれだ！　タニシュンも入れて七人であみだくじかなんかで人分けようぜ」

「うん？　いいけど、どのみち絶対一人余るじゃん」

「あー……じゃあ余ったヤツはさぁ」

言って山名はニヤニヤと、問題集と向き合い続ける関を見た。

「余ったヤツは、こいつと組む。どうよ」

「うわ、罰ゲーム来たぁ」

和《なご》やかな空気の中に、突然ひゃっひゃっひゃ、という品のない笑い声が溢れる。困ったような笑顔になるタニシュン。タニシュンは自分がバカにされても気にしないのに、人がバカにされている姿を見るのは苦手だ。取り残されたみたいな表情がなんだか辛かった。

関は、多分明らかに聞こえている。それでも、一切反応せず黙って高級そうなシャーペンを動かした。こうやっていつも一人でいて、「俺はお前らとは違うんだ」みたいな空気を発されると確かに多少イラっとくる。だからって、目に見える形で人が嫌がらせされてるのも、いい気持ちはしないが。

男子の一人が適当なノートを持ってきて、あみだくじを作成する。

「ねぇなんで！　ウソつきじゃんミユキ！」

もはや悲鳴のようになってきたかなみんの声で我に返る。男子の会話に気をとられすぎていた。

女子の皆さん、ぼーっとしていた私に代わり、必死にかなみんを説得しようと試みていた。

「だから、かなみんの誤解だってば。ミユキと一緒になるっていうか、このメンバーの中でとりあえず組もうねって言っただけで」

「あさちゃんは『この』メンバーじゃないじゃん！」

かなみんの大きな瞳からボロッと涙が落ちた。私は、唇を噛む。

泣きたいのはこっちだよ。仲間に入れるつもりで来たのに、そんな言い方あるか。ポケットに手を入れると、ふかふかの布でできたティッシュカバーが指に触れた。幼稚園のときにかなみんがくれたものだ。大きくなってもずっと友達でいようねって、手紙つきだった。

そのとき、男子のほうからも耳をつんざくような声が聞こえた。

「えぇ、やだぁ！　ほんとにやだぁ！　ねぇ！」

山名だ。どうやら、余っちゃったらしい。関のほうを向いて、ムンクの叫びみたいな顔になっている。

「まぁまぁ、言い出しっぺの法則だ」

「やだぁ、無理ぃ！」

明らかにちょっとかなみんのモノマネを入れながら絶叫する山名。男子どもはゲラゲラ笑っているけど、山名のモノマネは半分くらい本気らしかった。突然正気に戻ったみたいな顔で言い出す。

「ホント無理。え、マジ？　マジなの？　こいつと？　はぁ？」

山名はパッとタニシュンのほうを見たけど、タニシュンは佐々木と談笑していた。

どうやら、あみだでペアになったらしい。私、佐々木と弘前行くのか……彼のことも正直あんまり好きじゃないんだが、まぁしょうがないか。

　他の四人が山名をなだめるが、関と一緒になったことがよほど気に入らないらしい。

「ざけんなー、マジで」

　山名は関の机の脚をガンと蹴った。関は一瞬ビクッとしたが、すぐに顔を上げて鋭い表情を作った。

「なに」

　ギロッと山名をにらむ関。山名も負けじとにらみ返した。

「なんで弘前行ってまでお前みたいなガリ勉メガネと一緒に行動しなきゃなんねぇわけ」

「俺、お前と同じ班になった覚えないけど」

「アホが。今くじでそうなったんだよ」

　また、バチバチと火花が散り始めた。私は、救いを乞《こ》うような目でタニシュンを見てしまう。それを察してか、タニシュンは「まかしとけ」とでも言うように小さく頷いた。

　今にも関に殴りかかりそうな目をしている山名に、明るい声で言うタニシュン。

「んじゃあ山ちゃん、今回は佐々木と組んだら？　仲良しだろ」

　そう言って横にいた佐々木の背中を押すタニシュン。山名も佐々木も、へ？　と首を傾げた。

「え……じゃあ、お前は」

タニシュンは心配げなバカ男子たちに笑って見せ、つんつんと関の背中をつついた。

「関、俺でいい？」

「……」

ちょっと待ってくれ、ウソでしょ。タニシュン、私の許可は要らないと思ってるのかい？

「てか、俺と組んでくれねぇ？　やっぱしっかりしたヤツ一人くらいいいねぇと、不安なんだよ」

サラッと私を「しっかりしてない」カテゴリに入れるな。というか佐々木にも超失礼だろ。ねぇ、やめて。関なんか、山名と行かせておけばいいじゃん。

「なぁ行こうよ関、一緒にさぁー」

クラス一の人気者がクラス一の嫌われ者を口説きにかかる異様な光景を、みんな興味津々に見ている。ちらっとかなみんを見れば、彼女もまた泣き止んで二人を見ている。

みんなの視線に耐えかねてか、関がぼそっと言った。

「……もう、わかったよ」

「え、マジ!?　やったぁ！」

はぁ!?

思わず声を上げそうになったそのとき、かなみんがいつもより二音半ほど高い声を出した。

「え！　関くん、入るの!?」

その目が、キラキラと輝いている。

「じゃあ、ウチも入るぅ！」


どうにか時間内に班が決まり、余った二十分間で班長決めと軽い計画立てをするよう指示があった。みんな忙しく移動をしているが、私たちは偶然にも近くに固まっている四人のグループになったため、机をくっつけて島を作るだけで済んだ。

タニシュンは、なんだか清々しそうに渡った計画書を見ている。

かなみんは、頬杖ついて真正面の関の顔を嬉しそうに見ている。

関は、やっぱり問題集を解いている。

私は……色々と苦々しくて、秋刀魚《さんま》のはらわたを食ったような表情になっていただろう。確かに私基準で考えなくていいとは言ったけど、関を入れるのはレベルが違う。

クラス全体の移動、着席が完了すると、タニシュンが口を開いた。

「うぉし、ぼちぼち話し合い始めるか！」

私は、ため息の代わりに頷く。問題集に夢中な関とその関に夢中なかなみんからは反応なし。

「うんと、班長はじゃんけんで決めるか。勝ったヤツ班長！」

「えぇ、もうタニシュンでよくなぁい？」

ダルそうな声を出すかなみん。

「いや、やめといたほうがいいぞ。俺小学校の修学旅行で函館《はこだて》に行ったとき、班長やって班員全員迷子にさせたことあるから。なんなら函館市出てたから」

まぁ俺が勝ったら運が悪かったと思え！　と笑い、むせる。そういえば修学旅行の自由行動のとき、一班だけ大遅刻してこっぴどく叱られてる班があった記憶がある。あれ、タニシュンの班だったのかもしれない。しょうがないから、タニシュンが勝ったら私が班長の職を譲り受けようかなと思った。

「もう、じゃんけんでいいな。関も、いい？」

関は問題を解きながら小さく頷く。

いざ、勝負。

「じゃんけんぽん！」

なんと一発で決まった。私がチョキ、かなみんもチョキ、関もチョキ、タニシュンがグー。

　勝ちやがったで。

「うっわぁ、迷子確定！　ざまぁ」

　自分のこぶしを見つめ、なぜか他人事みたいに笑うタニシュン。しょうがないなもう。

「私、班長やるよ」

「え、マジ？　いいの？」

「思い出しちゃったの、小学生のときあんたらの班が遅刻して半殺しにされてたの」

「やめてぇ。トラウマなのぉ」

　絶対かなみんのモノマネでしょそれ。本人いる前でやるのやめなさい。幸い、かなみんは気づいていないみたいだが。

「んじゃ、託すぞ。あんがとな」

　私は頷き、タニシュンから計画書を受け取った。言っておくが、私はけっしてリーダーシップをとるのが得意なタイプではない。というか、とったことがない。一人でも班長になれそうな子がいたらよかったんだけどな……。

「それじゃあ……えっと、適当にまず行きたいところ出していこうか」

「カフェ行きたいっ！」

ぴんと手を挙げて言うかなみん。

「あわよくばアップルパイめぐりしたいっ！」

「それはさすがにダメだろぉ」

「なんでよ！」

キンキンと響く声で叫ぶかなみん。

「だってさぁ、二個はマジメなとこ行かなきゃダメって書いてんだろ」

タニシュンは、計画書の上にある注意書きを指さした。「見学場所は自由だが、必ず二か所以上文化的・学術的施設を入れること」だって。

「アップルパイは弘前の文化じゃん！」

「文化って絶対そういう意味じゃねぇって。寺とか神社とかそういう意味だって」

「あんた班長じゃないのになに偉そうに仕切ってんの」

「いやぁ、別に仕切ってないけど」

「ねぇ、関くんはどう思う？」

「なんでもいいんじゃない」

班長の私を放っぽって好き勝手喋っている。どう仕切れというんだ。私の困惑を悟ってか、タニシュンがちょっと強めに言った。

「ほらぁ、落ち着けって一回。ちゃんとあさの言うこと聞こうぜ」

なぁ？　と顔を見てくるタニシュン。いや……でも、特に言うことは。私はしどろもどろになり、目を泳がせながら言う。

「なんか、お寺も見つつ、アップルパイも食べつつ、でいいんじゃやな――」

「えぇー、でもさー、お寺とかより、だったらなんかちょっとレトロっぽいとことか見たくない？　あ、ほら、土手町《どてまち》のカフェとか！」

「……お前、ホント食うことしか考えてねぇじゃん」

「はぁ？」

肩をすくめる。かなみんの、話の流れを一切読めないところは昔から変わっていないなと思う。

「ねぇ、あさちゃん！」

「え」

急にグイッと腕を引っ張ってくるかなみん。ぶどうの実のように大きく丸い瞳が、キッとにらむように私を見た。

「いい加減ビシッと言ってやってよタニシュンに！　タニシュンが悪いことすんのは、あさちゃんの監督不行き届きだからね！」

「俺なんも悪いことしてねぇよぉ！」

半べそかいて叫ぶタニシュン。二人とも、教室のざわめきの半分を担っているんじゃないかってくらいのうるささだ。藁《わら》にも縋《すが》る思いで関に助けを求めようとしても、ずっと下を向いて問題を解き続けているから無理。本当に、答えが見えてるんじゃないかと思うほど解くの早いなぁ……。

マジで、なんだ、この班は。

和気あいあいと計画を立てる他の班を見ていたら、うんざりしてくる。結局、なにも決まらなかった。

この日最後の授業は音楽だ。六時間目が数学や理科だと家路を歩く気力も残らないから、実に助かる。

特に今日は四時間目に班決めなんていう、フルマラソン並みに気力を消耗するイベントがあったから……実に、実に助かる。

三階の音楽室に着くと、音楽の木村《きむら》先生がピアノを弾いていた。美人で男女問わず人気のある先生は、隣の三組の担任。三組はすんなり班、決まったんだろうか。

「みんな、前の時間は弘前市内自主研修の班決めだったべ。すんなり決まった？」

授業開始のチャイムが鳴って早々、班決めのことに触れる木村先生。すんなり決まっ……て、ほしかった。

「三組はね、正直結構もめたねー。四組はまともそうだからウチほどじゃないかな」

苦笑いする先生。一体誰のどの面を見てまともと思ったのかはちょっとわからないけれど、もめたのが私たちだけじゃないと知って少しホッとする。

「でね、今日の音楽の授業なんだけど……せっかくだから、決まり立ての自主研の班で親睦を深めてもらいたいなーとか思ってて。自主研の班ごとの自由発表の時間にしてみたいんだけど、どうかな？」

自由、発表……？

みんな一瞬ポカンとしたけれど、先生は黒板にポイントを書きながら説明してくれた。

教科書十二ページの楽譜をもとに、一班二、三分くらいの演奏をする。手持ちのアルトリコーダーの他、音楽室にある楽器ならどれでも使ってオーケー。春先に一度みんなでリコーダー合奏していた曲だから、雰囲気はわかる。

私は、ぐるっと音楽室を見回してみる。グランドピアノにキーボード、エレキベース、ミニドラム、いくつかのお琴や津軽三味線。

そして、数台のクラシックギター。

「ま、基本的にはリコーダーでいいです。でも、特別な楽器が演奏できる子は、ぜひ使ってみて。四パートあるから、それぞれパート分けして、二十五分くらいでざっくり合わせて発表って感じでいきましょう。んじゃ、班ごとに集まって！」

みんな、ためらいがちに動き出す。とりあえず、タニシュン、かなみん、関と集まって誰がどこのパートを演奏するかだけ決めた。どうしよう。リコーダーは実はあんまり得意じゃないし、消去法でギターがいいなぁとは思うけど。でも目立ちたくないな……私がいきなり張りきってギター弾き出したら、みんな引いちゃうかもしれない。やっぱりリコーダーのほうが無難なのかなぁ。

「先生！」

突然ぴんと手を挙げて大きな声を出すタニシュン。木村先生が「ん？」と顔を見る。

「音楽室にある楽器じゃなきゃダメですか？　部室にホルン置いてあるんですけど」

まーたホルンホルン言ってるよ、と笑う男子たち。一途だなぁ、ほんと。先生は、

「あー……」と数秒フリーズし、茶色い髪を手ぐしでとかしながら言った。

「どうしても、ホルンじゃなきゃダメ？」

「ダメです。浮気とかできないタチなんで」

よっ、イケメン、との笑い声が上がる中、困ったような苦笑いを浮かべる先生。しょうがないな、という風に廊下を指差す。音楽室を飛び出すタニシュンの後ろ姿には、アクション俳優並みの軽やかさがあった。そういや先生、吹奏楽部の顧問だったな。変人ホルニストの幼馴染がいつもご迷惑おかけしてます。

とりあえず、私はかなみんと関のほうに近づく。かなみんは関にグッと近づき、く

るくるとボブヘアをいじっていた。私から見たらめちゃくちゃ可愛い仕草なんだけど、関は耳元でハエが飛んでいるかのような顔をしている。

関はどうせリコーダーだろうけど、かなみんはどうするんだろう。

私は知っている。かなみんは、ものすごいクオリティでドラムを叩くことができると。


かなみんと出会ったのも、タニシュンと同じく幼稚園時代。その頃彼女に友達はいなかった。それはかなみんが嫌な子だったからというわけではなく、ただ絶望的なまでに空気が読めなかったからだ。プリキュアごっこをしていても流れを一切無視して自分の世界に浸るわ、お遊戯会でアドリブを入れてくるわ、友達も先生もお手上げだった。

なにをするにも仲間外れな彼女がなんとなくかわいそうで、私はおままごとのメンバーの中にかなみんを入れたのだ。結局かなみんはメンバーに全然なじめなくてすぐに抜けていったけれど、私だけは彼女と繋がりを持ち続けた。声をかけてくれた私のことをえらく気に入ったらしく、かなみんは毎日のように、「あさちゃんすき」と書いた手紙をくれた。大文字も小文字もめちゃくちゃで、でも丁寧に書かれた文字が愛おしかった。

誕生日にはプレゼントもくれた。ちょっとくらいめちゃくちゃでもこんなに自分のことを好いてくれる子はいなくて、可愛くて、私はかなみんのお姉ちゃんになったような気でいた。しかもかなみんはすごい特技を持っていたのだ。

「あさちゃん、見ててよ！」

彼女の家に遊びに行ったとき、決まって聞かせてくれたのは、ドラムだった。それはおもちゃ屋さんにあるようなちびっこドラムではあるけれど、叩き方はめちゃくちゃ本格的だったのだ。それもそのはず、かなみんは当時、わざわざ青森駅近くの教室までドラムを習いに行っていたのだから。「クリスマスプレゼントにおもちゃのドラムを買ってあげたら、なんかやけにハマっちゃってねぇ」とかなみんの美人カフェ店員ママは苦笑いしていた。

かなみんのドラムスティックが、太鼓の上でリズミカルに踊る。テレビでしか見たことがないようなパフォーマンスに、私は拍手喝采だった。何度か、どっかで栄兄と、私とかなみんの三人で演奏したこともあった。あれは、最高に楽しかったな。

いつか、かなみんは目をキラキラさせて言った。

「ウチ、ドラムがほんとに好き。大人になっても、ずっとやってたいんだ」

かなみんの手には、練習のしすぎのせいかたくさん絆創膏が貼られている。なんでそんなに頑張るんだろうと思ったけれど、いつもはぽわぽわしているかなみんが、ドラムを語っているときだけは自分の何倍も大きく見えた。だから、可愛いと思うだけじゃなく、尊敬だってしてたんだよ。

　別々の小学校に進まなきゃいけないとわかったときは抱き合って泣いた。泣きながら、ずっと友達でいようって約束したのだ。思いが通じたのか、私たちは中学校で再会し、一年生の時点で同じクラスになった。だけど、もうかなみんは独りぼっちなんかじゃなかった。彼女は雑誌の読者モデルみたいに垢抜け、多くの女の子に囲まれてきゃはきゃは笑っていた。もうそこに自分が入るスキなんかなかったし、かなみんは私のことなんか見えていないみたいにいつも楽しくはしゃいでいる。それだけならまだ寂しく思う程度で済んでいたけれど、この子は、私の陰口を叩いたんだ。

　入学してすぐの、昼休みだった。かなみんが、教室の端できゃぴきゃぴ系の女の子たちと話しているのを聞いたのだ。最初に私を悪く言ったのは、かなみんと同じ家庭部の子たちだった。

「ねぇ、あの鳴海さんって子さ、生きてるのかな？　目つき悪くない？」

　本人に、聞こえていないとでも思っているのか。すぐさま別の女の子が同調した。

「あー、わかる。なんか声とかちっちゃいしさ、なに考えてるかわかんなくない？　ねぇ、夏南ちゃん」

　かなみんに、話がふられた。こわかった。おとなしい、暗い、地味なんて小学校の頃から言われ慣れている。だから、「ミュージシャンになりたい」なんて口にして余計バカにされたのだ。でも、かなみんにまで否定されたら私はどうしたらいいんだろう。仮にでも親友だったかなみんのことを信じたかった。だけど、耳に届いたのは裏切りの言葉だった。

「ねー。なんか、いるだけで周りの空気も暗くなるよねー」

やだーそれは言いすぎでしょ、という笑い声は、エコーがかかったように聞こえた。目の前に、黒い霧が立ち込めているようだった。

今でもあのときのことを思い出すと、鼻の奥がつんと痛くなる。

「あさちゃん、なにやるか決めた？」

思わずビクッとする。かなみんの怪訝そうな顔が、私を現実世界に引き戻した。

「ん……えーと……」

私はギターかな。そっちはドラム？　昔、一緒にスタジオで演奏したことあるよね……なんて言葉が、すらすらと出てくるはずもない。

クラスであいさつするくらいなら、自然にできる。だけど、いざかなみんと二人きりの世界になると、いつもうまく言葉を紡げない。結局声が詰まって、気まずい沈黙が流れるだけだ。

よくわからないのだ。なぜ、かなみんはこんなに普通に私に話しかけることができるのだろう。嫌いなんじゃないのか。私がいるだけで、気分が暗くなるんじゃないのか。問い詰めるほどの気力も勇気もなくて、私は無理やり笑顔を作った。

「考え中。夏南ちゃんは？」

「んー？　うーんとね、ウチは」

かなみんの視線が、ミニドラムに向けられた。それだけで、少し胸がドキドキしだす。あの頃、目をキラキラさせてドラムが好きだと、大人になってもずっとドラムを叩いていたいと言ったかなみんは、まだ残っているんだろうか。

かなみんに陰口を叩かれたことはもちろんすごくショックだった。でも、また仲良くできるなら、容易に許してしまうような気もする。というか、許したい気持ちがあるんだと思う。

だって、そうでなきゃ、かなみんからもらったティッシュカバーを持ち歩いたりしない。

もしかなみんがドラムのところに向かったら、少し昔のことを話題に出したらどうか。陰口を叩かれたのは確かでも、決定的に嫌われるようなことをした覚えはないし。一緒に演奏したら、なにか変わらないかな。仲良しだった頃に、ちょっとでもタイムスリップできるんじゃないかな――。

そのとき、ミユキさんの気だるそうな声が上がる。

「ダルいんだけどマジー。誰得なんこれ」

それな、と周りの女子たちが同調しだす。木村先生は、聞こえないふりをしてピアノをいじっていた。

「え、かなみんどうする？　どれやる？　全部ダルくない？」

かなみんに気だるい目を向けるミユキさん。その瞳に、なにかを試す色が浮かんでいるように見えたのは、私の考えすぎなんだろうけど……。

「ダルいよー、めっちゃくちゃ。ミユキはなにする？」

ミニドラムからパッと目を離し、いつものきゃぴきゃぴ顔でミユキさんを見るかなみん。針の穴に先だけ通っていた糸が、スルッと抜けてしまったときのような感覚が心を襲った。

ねぇ、かなみん。ついさっきまで、割と乗り気な雰囲気だったじゃん。なんで、そんなこと言うの？

「うーん、あたしも谷岡みたいに部室から楽器取ってきて弾こうかなぁー」

おちゃらけて言い、高い声で笑うミユキさん。そういえばミユキさん、吹奏楽部だったな。その笑い声を囲むように、周りの女子やかなみんの声が響く。

「テキトーにドラム叩いとこっかなぁ、ウチは。一応趣味でやってたし」

言ってドラムにぱたぱたと駆け寄り、右手でシンバルをしゃらぁんと撫でるかなみん。テキトーすぎ、ほんとにやってたのかよ、と笑うミユキさんたち。かなみんも、きゃはきゃは笑っていた。

なんで笑ってるの。なにが面白いんだよ——。

その姿を見たとき、なんだかどうでもよくなってしまった。勝手にしたらいい。そうやって一生なんの中身もない話で盛り上がって、なんにも考えずに過ごしていたらいい。

もう、かなみんなんか知らない。

かなみんから視線をずらすと、自然と近くにいる関が目に映る——目に映して、ギョッとする。

「ベース……？」

思わず声に出た。関は、水色のエレキベースを抱えていた。一瞬鋭い目でこっちを見てから、なにも言わずに弦に触れる関。

関って、ベース弾くの？　冗談でしょ。譜面台に教科書を載せた関は、黙ったまま指で楽譜をなぞっている。いつになく真剣な表情。そして、慣れた指使いだった。

どうしたんだろう、関。実技の時間はいつも内職しているのに。体育の授業には単語帳を持ち込んでいるし、家庭科の時間には針も糸も持たず数式を眺めているし。音楽の授業だって、リコーダーのときや合唱のときは適当にやり過ごし、先生が説明している間は本を読んでいる。それなのに、今は――。

関の指が弦の上で滑り、音符を確実になぞっていく。ベースでこの曲を演奏するのは初めてのはずなのに、指の運びにまるで迷いがない。きちんとリズムも取れている。

休符をちゃんと奏でられるヤツが、本当にベースがうまい人。いつだかマコトさんが、そんなことを言っていたような気がする。休符の間も、関の身体はリズムに乗っていた。芯があるけれど、どこか優しい音。いつもよりも少しだけ、表情が人間らしいような気もする。

……こいつ、一体全体何者なんだ。

「たっだいま～！」

そのときタニシュンが、真っ赤なホルンケースを背負って音楽室に飛び込んできた。床に滑り込むと、宝箱を開けるみたいな嬉しそうな顔でケースからホルンを出す。優しい金色のボディが現れると、愛おしそうに頬を緩ませた。

「……初めてこんな間近で見たかも、ホルン。なんか可愛いね」

ホルンに顔を近づけて言うと、タニシュンは「だろ!?」と目を輝かせた。

「ホルンってのはねぇ、もとは狩りをするために使われた楽器らしいんだよ。馬に乗りながら吹くために、こうやって管をぐるぐる巻きにしたのがルーツだって。この右手をベルに入れて半音くらい音が上がるようにするのを『ゲシュトップ奏法』っつうんだけど――」

まずい……タニシュンにホルンの話題を振ったら最後だって忘れてた。裏打ちなめんなとか、第三抜差管の形が愛しいとか、聞きなじみのない言葉のオンパレード。

「今度Aフェスでやる『宝島』はね、もう断言しちゃうけど、最大の見せ場はホルンのグリッサンドだから！　いろんな演奏動画見るけどねー、気づきゃホルンの主張が強めの動画ばっかり見てるよねー」

グリッサンド、っていうのは前にも聞いたことがある。何個もの音を隙間なく滑るように高速で奏でる技法だそうだ。すっごく難しいらしい。

「ぶっちゃけ俺、『宝島』はアルトサックスのソロよりホルンのグリッサンドのほうがカッコいいと思ってるんだよねぇ」

タニシュンはいたずらっ子みたいに笑うと、ホルンにマウスピースをはめた。唇にあて、ウォーミングアップを始める。重厚な音が、音楽室いっぱいに広がっていく。

「なにそれタニシュン、関係ない曲吹いちゃダメだよ」

ドラムを適当に叩いて遊んでいたかなみんが、小バカにするように言う。タニシュンは特に怒ることもなく言った。

「準備体操だよ！　身体、あっためてやんなきゃ。な？」

ついにホルンに話しかけ出した。おっかなくなり、私は逃げるようにクラシックギターのもとに走る。

ギターに触れたとたん、お母さんに頭を撫でられたみたいな優しさが肌に響いてきた。やっぱり、これじゃないとダメだな。

それでも、気になってしまう。私がさっき関を見てギョッとしたように、どこかに私がギターを持っているのを見て驚いている人がいるんじゃないか。

鳴海ぃ、お前ミュージシャンになりてぇのぉ。いつかの男子の声がよみがえり、一瞬ギターを戻しに行こうかと思ったが、引っ込みがつかず結局席まで持っていった。

私は椅子に座ると、縮こまるかのようにギターを抱えた。小さく指を動かし、弦を震わす。

クラシックギターの感触は、エレキギターのそれよりも柔らかい。指に、直接弦の震えが伝わる。

私は、割り当たったパートの楽譜を淡々と目で追い、弦を撫でる。

スタジオでギターを弾くときの、細胞にきれいな水が染みわたっていくような感覚はない。エレキじゃなくてクラシックギターだから違うのかな、とちょっと思ったが、そんな単純な話じゃなかった。水が染みてくるどころか、変な汗が出て体から水分が奪われていく。

ふいにどこかから視線を感じたような気がして、ピタッとギターを弾く手を止めた。

私、ミュージシャンとか目指してないよ。音楽なんて、ただの趣味だよ。だから、誰も見ないで――。

感情と目線の置き場がわからなくなり、弾くのを再開できないままみんなのほうを見た。

タニシュンは、身を揺らし、思いきりホルンに息を吹き込んでいる。やっぱり、タニシュンの周りには草原が見えた。

かなみんは適当に叩いているつもりなのだろうが、きちんと四拍子の正確なリズムを刻んでいる。

関は、いつもより幾分か柔らかな無表情でベースの弦をはじき続ける。

みんな、各々がなにをやっているかにはお互いに触れないまま、それぞれの音を紡いでいく。親睦を深めるもなにもなく、ついに私たちの班は一度も合わせ練習をすることがないまま本番を迎えてしまった。

一班ずつ、発表が始まっていく。どの班もだいたいリコーダーの合奏だったし、リコーダーでならみんな演奏したことがあるからどこもそれなりのクオリティだった。たまにピアノを弾いたり、歌を歌ったりする子もいた。

とりわけ、合唱部の女の子の歌声はすごかった。誰が聴いても上手だし、知らず知らずのうちに鳥肌が立った。

「すげぇな、あいつ……」

タニシュンの声は、ほとんど自然に漏れていたと思う。私もすごいな、と思いつつ、なんとも言えないもやもやした感情を覚えた。しばらくそれは心の核に触れることなく漂っていたけれど、教室からその子の歌声の余韻が消えた瞬間、胸の中ではっきりと言葉になった。

私も、やっぱり、歌ってみたかった――？

「はい、じゃあ次は鳴海さんたちの班行ってみようか」

木村先生が私たちのほうを見る。慌てた。次、発表だった。

振り切るように、小さく首を振る。は、合唱部じゃないんだから。特殊な訓練を受けてるわけじゃないんだから。

とにかく、今は、このギター一本でやりすごす。

前に出ると、教室がざわざわし出した。私がギターを抱えていることに対してなのか、かなみんがドラムの前に座っていることに対してなのか、関がベースを弾こうとしていることに対してなのか、はたまたタニシュンのホルンを間近で聞けることへの興奮なのか……ざわめきの正体はわからない。

「すごいね……みんな、ほんと？」

先生は、全員リコーダー以外の楽器を持っていることに驚く。

ギターのストラップを首にかけると、緊張で冷たくなる指をもう一方の手で揉んでから構える。私たちはバラバラに一礼すると、かなみんのドラムスティックの音を合図に各々のパートを演奏しだした。

最初は緊張で指が転びそうになり少し焦ったが、どうにか持ち直す。それでも、みんなの視線にしめつけられる身体が辛くて、楽しいという感情はなかった。呼吸を整えながら、音符一つ一つを消費していく。

なぜだろう。スタジオにいるときはこの町いっぱいに私の音が響き渡ればいいと思うのに、いざみんなの前で奏でるとこわくなる。みんなの表情が、痛いくらい気になる。

違う。音楽を聴く人の顔ってこんなのじゃない。もっと目が輝いて、口角が上がって、自然と前のめりになるはずだ。みんな音楽室の床に体育座りしたまま少しも動かない。目が笑っていない。たまに目に映る笑顔にも、戸惑いみたいなものが隠れている。弦が食い込む指が、きりきりと痛くなってくる。

重くなってきた気分を紛らわすために、他の三人の音に耳を傾けた。

胸いっぱいに息を吸い込んで大好きなホルンを思いきり鳴らすタニシュン。息遣いにも、迫りくるような迫力がある。一人だけ、別の世界にいるみたいだった。

かなみんは、惰性で叩いているのがまるわかりの音だった。幼稚園の頃に聞いたドラムのほうがまだ迫力がある。それでも、刻まれるリズムは正確だ。

関の音は、普段のとげとげしたこいつからは想像できないくらい安定感があった。そして、なんだか優しい。どんな表情をしてその音を奏でているのか、確かめてみたくなった。

みんな、それなりにちゃんと上手だ。ただ、一つも音がそろっていない。

多分、誰もそろえる気がない。

演奏が終わると、ためらいがちな拍手がパラパラと起きた。うまいか下手かすらいまいちわからないけれど、みんないろんな楽器が演奏できてすごいなぁ……って感じの拍手。先生も、手を叩きながら言った。

「このチームすごいね。もうこれ、バンドじゃない？」

確かに、形だけ見たらバンドだ。ギターとドラムとベースがいて、管楽器までついてる。だけど、私の知ってるバンドはこんなんじゃない。こんなに音がバラバラなことはないし、一人一人がこんな好き勝手演奏することはない。

「一人一人の技術もね、すごいです。谷岡がホルン吹けんのはまあ周知の事実として、鳴海さんや津田さんや関くんはどこかで習ってるのかな？　今は自主研の班組んだばっかだし、演奏もほとんどぶっつけみたいな感じだったからあれだけど……うん。

今日で終わらすのはもったいないくらいのチームだね」

先生のすさまじいフォロー力に感嘆する。今日で終わらすのはもったいないくらいのチーム、か。私はこんなはちゃめちゃなチーム、弘前に行く前に解体したい。

そんなこんなで音楽の授業は終わり、各自教室へ向かう。移動教室はいつもだいたい一人なんだが、初めて集団で帰ることになった。大事そうにホルンケースを背負ったタニシュンが、目をキラキラさせて私たちに話しかけ続けるからだ。

「あさ、めっちゃギターうまかった！　かなみんもすげぇし、関のベースも超きれいだったよ！」

「……はいはい、ありがとう」

適当にお礼を言っておくものの、うまかったはずがないと思う。

栄兄の信条は、「みんなの心をあっためる」ってことだった。そして、いつだってあの人は、自分の音楽で魔法みたいにみんなの心の温度を緩やかに上げてしまう。栄兄だけじゃない。Aフェスに出てくるアーティストは、誰だって会場中に大輪の笑顔を咲かせる。

それに引き換え、私の演奏はどうだ。誰も笑顔になっていなかったし、拍手はワンテンポ遅れてから気を使うようにダラダラと続いた。私の音は、誰の心も温めることなんてできなかった。

やっぱ、Aフェスなんて私が出るもんじゃない。マコトさん、見る目がないよ。

「タニシュン、静かにして。ウチ、もうミユキたちと行くから」

タニシュンをにらむと、かなみんは小走りでミユキさんたちに追いついていく。廊下の端から端まで聞こえるような声で、「ねぇなに盛り上がってたのー？」とミユキさんの背中にべったりくっつくかなみん。

関は、というと……。

関の目、どこを見てるんだろう。歩きながら、その視線は窓の外に注がれているようだった。そこにあるのは、厚めの雲がかかった午後の空だ。あの雲に飛び込んで、どこまでのぼれば青い空に到達するんだろう。そんなことを考えてしまう空……。

「弘前、楽しみだな。いろんなとこ行こうな！」

唐突に発されたタニシュンの声は、関には一つも届いていないようだった。さっきからちょっと冷たくあしらいすぎてるな、タニシュンのこと。私が「そうだね。いっぱい行こう」と言うと、タニシュンはくしゃっと笑って大きく頷いた。

第二章　不協和音

それから数日たったが、抜群の団結力のなさで私たちの班は一向に計画が決まらないままだった。班長しっかりしろよ、と担任に言われ、絶対私のせいじゃないだろうと歯ぎしりをする。そうこうしているうちについに計画書提出前日の朝を迎えた。これはもう昼休みに話し合うしかないよね。私の言葉にタニシュンはもちろん「そうだな」と言ったし、かなみんも「しょうがないなぁ」と言いつつ賛成してくれたし、関もほとんど生返事みたいな感じだったけど確かに頷いていた。

それなのに、いざ昼休みを迎えたら——。

「それじゃあ話し合いたいんだけど……」

「ねぇ、関くんは？」

かなみんが鋭く聞いてくる。そうなのだ。関がいない。

「うーん……多分、トイレ？　とか？」

「いや、あれじゃね？　図書室じゃね？　図書委員の友達、みんなシフト違うけど、もれなく関に会ってるから」

タニシュンが言う。つまり、ヤツは昼休みの間中ずっと図書室にこもってるというわけだ。

「ウチ、呼びに行こうか？」

かなみんがパッと表情を輝かせて言ったが、この人、絶対騒いで先生に怒られて帰ってくる。

「あの、夏南ちゃん……こんなこと言うのもあれなんだけどさ、関くんって自分の作業邪魔されると機嫌損なうタイプじゃん？　だから、今夏南ちゃんが図書室行っちゃうと、ペース乱されて夏南ちゃんのこと嫌いになっちゃうかもしれないなぁ……って」

正直かつ残酷なことを言うと、もうすでにだいぶ嫌われてるような気がするけど。

「あ。そ、そうかな」

一瞬にして不安げに表情を曇らせるかなみん。我ながらうまい理由を思いついたもんだぜ。

「じゃあ、誰が行く？」

「へ？」

思いがけず声が裏返る。それは……タニシュンじゃないの？

「俺、呼びに行こうか？」

タニシュンがニコニコしながら言う。そうだねありがと、と言おうとして私はハッとした。

今タニシュンがいなくなったら、私かなみんと二人っきりか――。

すでに立ち上がりかけていたタニシュンを、私は慌てて止めた。

「待って。ここは班長の自分が行こうではないか」

二人は目をぱちぱちさせた。

「マジ？　大丈夫？」

全然大丈夫ではないけれど、関に話しかけなきゃいけないイヤさとかなみんと二人っきりになるイヤさを天秤にかけたら、後者のほうが重かったんだもん。またうまく話せなくて、気まずくなって、思い出したくもない昔のことがよみがえるのはごめんだ。

「いいんだ。これまで、全然班長らしいことしてこなかったからさ」

顔を見合わせるタニシュンとかなみん。私は、じゃ、と立ち上がった。

「……気ぃつけてな」

校舎内を移動するだけなのに、心配そうに言ってくるタニシュン。私は苦笑いで右手を上げ、図書室へと向かう階段を上った。

第一声はなんであるべきか。

図書室の入り口に立ってすぐに、ターゲットの姿を捉えることができた。六人用の白テーブルを一人で使い、本を読む関。遠目にだけど、表紙にヒトの臓器のようなイラストがついている。もうすでに気持ち悪い。

いきなり「話し合いに来て」でいいのか。でも、もうちょっと段階を踏むべきか。実は、私が想像しているほどこわい人じゃないんじゃないか。ほら、漫画とかによくあるヤツ。クールでミステリアスでなに考えてるかよくわからない子ほど実は寂しがり屋で愛に飢えてる、みたいな。

そして、未だ頭から離れないのがこないだの音楽の授業。私は、その人の奏でる音にある程度人柄が出てくるものだと思っている。関のベースの音は、確かに柔らかかった。優しい音は、優しさのある人にしか出せないと思うのだ。今のところ、関に優しさの要素なんてゼロだけど、まだ誰も知らない穏やかな一面があるんじゃないだろうか。

かなみんみたいにきゃぴきゃぴせず、ちゃんと適度な距離感を保って話しかければ意外といける……かもしれない。

私はみぞおちに力を込め、ゆっくりと関に接近した。ある程度距離を詰めたら抜き足差し足で、そーっと。なんだか、虫取り少年になった気分だ。

そう、意外と優しい人かもしれない。わずかな希望を胸に、すぅっと、息を吸った。

「なに読んでるの」

関の肩が一瞬ビクッと震えた。振り向いた関の表情は見てはいけないものを見たかのように引きつっている。え、もしかして私鼻毛出てる？　不安になり、一応鼻のあたりを触ってみるけどおそらく異常なしだ。話しかけられてびっくりしてるだけだろう。

再トライ。

「な、なに読んでるの」

関と同じくらい自分の顔もこわばっているのを自覚しながら、もう一回言ってみる。

関はごほんと一つ咳ばらいをし、ぶっきらぼうに言う。

「別に」

出た、「別に」。なんだかよくわかりませんがあなたのような下々の者と会話するつもりはありません、って心の声が丸出しだ。なるほど、第一声からわずかな希望を打ち砕いてくるスタイルか。もうすでに心は折れそうだけど、私は笑顔で続けてみる。

「すごいね、難しそう」

「なに」

鋭い声。相手は、話しかけられたことへの驚きから読書を邪魔されたいら立ちへ感情をシフトさせた模様だ。まずい、とりあえずさっさと用件を言わないと。

「あ、えっとその……校外学習……あの、弘前のね？　その自主研で、んぁーっと――」

「時間がもったいないんで、用があるんなら五十字以内にまとめて簡潔に言ってもらえます？」

「……」

敬語が、ぴしゃりと冷たかった。どんな育ち方をすればクラスメイトに向かってそんなセリフが吐けるのですかと、胸ぐらを摑んで揺すりながら問いたい。心の中ではもうすでに大暴れしてテーブルをひっくり返しているんだが、あくまで平静を装って話を続ける。さぁ、精神鍛錬だ！

「ほら……校外学習で行くところ話し合えって言われたじゃん。今みんなで話し合ってるから、できれば来てほしいなあ、とか思ったりして！」

私は、歌のお姉さんのイメージで朗らかな声を出す。関は、株価変動のニュースを読み上げるアナウンサーみたいな無機質な声で答える。

「いや、いいっすけどどこでも」

「いや、そうじゃなくて。みんなでちゃんと話し合うことに意味があるんじゃないの」

我ながら班長っぽいことを言っているなと思う。しかし、こいつ、全く折れない。

「四人で話し合うより三人で話し合うほうが圧倒的に効率的だと思うけど」

「いや、その」

「そもそも意見ない俺がその場にいてなんか意味ある？」

確かにな……とちょっと思ったが、こっちもうだいぶムキになっていた。

「いや……あの、『どこに行きたいか』って意見はともかく、時刻表のこととかもちょっと難しくてよくわかんないからさ、関くんが見てくれたら助かるかなぁ、って」

「わかんないなら弘前なんて行かなきゃいいんじゃねぇの。あんな不毛な話し合い時間の無駄」

バカらしくなってきた。そもそも昼休みに話し合おうって約束は朝からあって、それを平気で破ってるんだから悪いのは百パーセント関だ。それなのに私はなぜこんなに腰を低くして話しかけ、冷たくあしらわれているんだ？

関は、男子中学生のものとは思えないほど高そうな腕時計に一瞥《いちべつ》をくれ、大げさなため息をついた。もう嫌になり、その場から立ち去ろうとする私の顔を見て、言い放つ。

「あんたが来てから三分半。三分半分の俺の人生を無駄にしてくれてどうもありがとう」

教室に戻り、ガッと乱暴に椅子を引いて座る。黒板上の学級目標をにらみつけながら、私は声を出した。

「タニシュン」

「おぉ、おかえり」

寝ぼけた声出さないでよ。私今、今年一怒ってるから。

「関のこと、殴っていい？」

「どうしたよ」

ギョッとした顔をするタニシュン。ようやく非常事態に気づいたようだ。

よくわかった。あいつのベースの音がやけに優しく聞こえたのは、関が、ものすごく柔らかい感じの音を出すこともできる高性能ロボットだからだ。性能はいいけど、性格は最悪の。性格もなにもないか。心が、ないんだもんな。

「ねぇ、ぶっちゃけ関のことどう思う？」

「うーん、ちょっと変わったヤツだなぁとは思うけど。でも俺はすげぇ尊敬してるよ、あいつのこと」

「ん？」

おう、逆撫でするつもりかな？　私のナイフの目をものともせず、タニシュンはいつもの人懐っこい顔で言った。

「だってさ、いっつも一人で一生懸命頑張ってるじゃんあいつ。関見てると、俺ももっと吹奏楽頑張んなきゃって思えるしさ。朝休みとか、できるだけあいつの勉強の邪魔しないようにしたいんだよなぁ」

「でも……ロボットだよあんなの」

言葉の最後が小さくなる。タニシュンの言葉を聞くと、自分の心が狭すぎるんじゃないかと思えてきて、情けない。だけど、狭い私に対してもタニシュンは「まぁなー」と微笑んでくれた。

「なんか言われたんだろ、さては」

思い出すのも腹立たしいけれど、私は数分前までの出来事をそのまんま話した。話しているうちにどんどん熱くなってきて唾《つば》さえ飛んだけれど、反対にタニシュンの顔は面白そうにほころんでくる。話し終えたあとには、ついにぷっと噴き出しやがった。

「なにがおかしい」

「いや、お前すげぇなって。よくそんなこと言われて言い返さずに帰ってきたな」

「だから、聞きにきたんじゃん。『殴っていい？』って」

「頭いいヤツの血潮浴びたら、賢くなれそうだもんな」

いひひ、といたずら坊主みたいな顔で笑われ、なんだか力が抜ける。タニシュンは、怒りのパワーを他人から奪い取る特殊能力を持っていると思う。

「いやー、でもごめんな。それはさすがにちょっとひでぇよ。やっぱ、俺が行ったほうがよかったかもな」

いや、あいつは誰が行ったって同じだ。同じロボット野郎だ。ここで、ん？　と思う。そういえば、かなみんの姿が見えない。

「かなみんは？」

タニシュンは鼻の下をかきながら言った。

「あー、なんか『トイレ』っつって、五人くらいの集団でトイレに行ったけど」

それは、「トイレ」じゃないんだよなぁ。もうなにもかも嫌になり、私は椅子の上で全身の力を抜いた。傍目に見たら綿の抜けたぬいぐるみだろう。

「ねぇ……自主研さ、もう二人で行かない？」

「えぇ!?」

タニシュン、再びギョッとする。私は本気だ。

「だって、クラスでもトップクラスのわがままをさ、二人も抱えてやっていけないよ。向こうで二人二人に分かれて行動しようよ」

なぜかちょっと俯き、もじもじしだすタニシュン。

「ま、まあなぁ。……でも、かなみんと関は二人っきりで間が持つほど仲いいの？」

「いや？　でもまぁいいんじゃない？」

てか、かなみんはそっちのほうが楽しいと思う。関は地獄見るだろうけど、むしろ地獄でも悪夢でもなんでも見てろって感じだ。

「さぁて、どうしようかね……」

私は計画書を改めて見つめる。一応、かなみんの希望通りお昼に土手町に行くことは決まったのだ。ただし、それ以外なにも決定していない。弘前公園を散策したらいいんじゃないかとか、やっぱお寺に行ったほうがいいんじゃないかとか、色々話は出たけれど、全部うまいことまとまらないまま流れていった。

まずい。もう、昼休みすら終わってしまう。これはもう、放課後に持ち越しかな。

うんざりして頭を抱えたとき、山名がこちらに近づいてきた。

「なあ、タニシュン」

「んー？」

さっきからちらちらとこっちを見ているのはわかっていたが、いつものうるささがないので少し不気味に思っていたところだった。

「お前って、もう鳴海とデキてんの？」

「え？」

タニシュンの目が丸くなる。多分、私も似たような表情になっていたことと思う。デキてるって、付き合ってるってことだよね。バカみたいだね？　と言おうとタニシュンの顔を見る。見て、ドキリとする。

てっきり、「違ぇよ」とかなんとか言って否定し、いつもみたいにニコニコ笑っているもんだと思っていた。それなのに、タニシュンは耳の後ろをボッと赤色に染めていたのだ。唇を噛んで、ひと言も喋らない。え、なになに嫌だ。否定してよ。

「うぉー、図星か？」

「ち、違う違う違う！　もー、からかうなよ山ちゃーん」

べしべしと、山名の腕を叩くタニシュン。山名があまりの過剰反応に驚いて私の顔を見てきたので、慌てて首を振った。

「いやー、最近仲睦まじさが増した気がしててさ。タニシュン、まだ告ってねぇんだ」

「いや、ちょ！　俺は、今はホルンと付き合ってんの！」

珍しく沸騰したやかんみたいにぴーぴー騒ぐタニシュンの横で、私は硬直する。まだ告ってないって、どういうことだろう。私は頭が真っ白になり、なにを血迷ったか勢いよく立ち上がった。引いた椅子が、慌てているのが丸わかりの激しい音を立てた。

「わ、私……トイレ行ってくる」

え……と戸惑う二人を無視し、小走りで教室を出る。廊下を進み、トイレの扉をちょっと開けた瞬間、選んだ逃げ場としては最悪だったことに気づいた。

中にかなみんたちいるんだ……。

かなみんたちは、鏡のほうを見て髪をいじりながら楽しげに話していた。連れしょんガールズの談笑の中を通り抜けて便所に入ることほど気まずいことはない。でも教室に戻ってももっと気まずいから、顔を隠しながらぬるっと一番手前の個室に入る。なにも音がしないのも不自然だから、とりあえず水だけでも流そう。便器のレバーに手をかけたそのとき、聞こえてしまった。

「マジであさちゃんさ、絶対だよね」

これは……ミユキさんの声？

「だってマジで谷岡としか話さないじゃん。付き合ってるって、絶対」

心臓が、どくどくする。私の話をしている。今個室に入ったのが私だってことにも気づかずに。

「え、でもさ、ぶっちゃけそんな可愛い？　彼氏できるできないってあんま顔関係ないんだねって思っちゃった」

「いや、彼氏の顔も彼氏の顔だし」

誰かわからないけれどバカにしたような声があり、きゃははと笑い声が上がる。無意識のうちに、唇を噛んでいた。息も、止めていた。

「いや、違う違う、タニシュンがあさちゃんに片思いしてんでしょ。あさちゃん知らないっぽいけど、結構有名な話じゃない？」

ゴクッと唾を呑む。再開した自分の呼吸が、いつもよりちょっと速いことに気づいた。

「あ、そういうこと？　キッモー！」

あぁ、またミユキさんの声だ。

「最悪ー、谷岡に片思いされるとかあさちゃんかわいそすぎる……マジキモい、あたしなら死んじゃう」

「え、なんで？　あいつ、そんな嫌なとこある？」

「いやー、クラスではいいんだけどさ、あたし部活も一緒だからさぁ。あの人ホントめんどくさいの。熱血ぶってんだかなんだかよくわからないけど、周りと温度差すごすぎて見ててイライラすんだよね。あぁ見えて同学年の人にも後輩とかにもガツガツ厳しいこと言うし。あたしコンバスだからまだいいけど、谷岡と楽器一緒だったら耐えられないわ」

「へぇー、意外とそうなんだぁ。いつも呑気そうなのにね」

「そー。ホルンホルンうるさいんだってマジで。ホルンが好きな自分が好きなだけでしょ。谷岡に吹かれてホルンは泣いてるわ」

　きゃはっ、と自分のセリフに笑うミユキさん。確かコンバスって、バイオリンのでっかい版みたいなヤツだったたっけなぁ……と、どこか冷静な自分がそう思う。

「あと、先輩とか先生にもいちいち意見言うんだって、『こうしたほうがいいんじゃないですか？』とか。まぁ演奏はすごいうまいんだけどぉ、なんか、頑張ってる自分に酔ってる感がすごくて。部員にも先生にも嫌われてるって感じ」

「えー、マジ？　すごい苦手なタイプ」

「ねー。だからクラスにいるときのイメージだけで人間性判断して付き合ったら絶対めんどくさいと思うよ。……でもなーんかあさちゃんも思わせぶりだよねぇ、谷岡と話すときだけ無邪気っぽく笑ってさ。隠れビッチだったりしてね」

「やだー、もうお互いキモいんだけど」

　キモい。その言葉がハエみたいにぶんぶん私の周りを飛んだ。

　ビッチってなに？　よくないこと？　思わせぶりってなに？　私がタニシュンと話して笑っているのは、あいつが面白いことを言うからだ。面白くて、笑ってるだけだ。

「でもほら、あさちゃんは一応幼稚園が一緒だったからね、その頃からタニシュンと仲良かったんだよ」

　これは……かなみん？

「あ、そうなの？」

「そう。めっちゃ仲良し」

かなみんと思しき子の言葉を最後に、ぎぃとトイレのドアが開いた音がした。女の子たちの足音がぞろぞろと遠ざかっていく。

ふぅ……と肺の空気を全部絞り出すようなため息をついてみた。タニシュンが、私のことを好き？　私は、思わせぶりな態度？　そんなはずない。私とあいつはずっと親友同士のはずだ。勝手に変なウワサしないでよ、タニシュンと話しづらくなるじゃん。あり得ない、あり得ないよね？

言い聞かせる自分の声にかなみんたちの「キモい」という声と、さっきの山名の「デキてる」という言葉が混じって、頭の中をぐるぐるかき回す。

サングラスをかけたみたいに、世界が薄暗く見えた。


結局、放課後の話し合いはしないことになった。早く帰りたかったから、「私が適当にみんなが言ったこと集約して計画を立ててくる」と言った。かなみんが全くごねず、「なんかごめんね」と言ったのは少し意外だった。

帰りの会が終わると、私は逃げるように廊下に出る。窓の外を見ると、空には汚水を吸ったようなどす黒い雲が広がり、横殴りのザァザァ雨が降っていた。激しい梅雨の景色に辟易《へきえき》としながら歩いていると、追いかけてくる足音があった。振り向くかどうかも迷ったけれど、ガッと肩を摑まれたので仕方なく立ち止まる。タニシュンの心配そうな顔があって、なんだかうんざりしてしまった。

「あさ、計画書」

雰囲気で、なにを言わんとしているのかは手に取るようにわかる。果たしてそうだった。

「それ、俺と一緒にやろう」

「いい。要らない」

思ったよりも、冷たい声が出た。それなのに、ちょっぴり顔に熱が集まる。

「俺……部活、ちょっと遅れてもいいわ。手伝うよ」

いいわけない。こんな紙切れ一枚で遅刻したら立ち場なくなるよ。

だってあんた嫌われてるんだもん。

「話まとまらなかったのはあさのせいじゃないし。みんなが好き勝手言ったせいだし……俺も、全然協力できなくてごめんね」

このやりとりを深刻そうな顔をしながら廊下のど真ん中で繰り広げているもんだから、同級生たちがちらちらとこっちを見てくる。「え、修羅場？」と顔を見合わせる子たちもいた。耳を叩く、雨音。

もうやだ――。

「気持ち悪いんだよ」

タニシュンは、びっくりしたような顔になる。でも、一番驚いているのは言葉を発した私自身だ。

「あ……えぇっと」

なにかの勘違いと思いたいのか、タニシュンはえへっと笑った。謝るならこのタイミングだったのに、口を衝いて出たのはもっとひどい言葉だった。

「マジで、キモいとしか思ってないから、あんたのことなんか。あんたと放課後二人で残って作業するくらいなら、徹夜してでも一人で仕上げたほうがマシ！」

途中から、なにを叫んでいるのか全くわからなくなっていた。ただ、私が言葉を重ねれば重ねるほど、タニシュンの表情がこわばり、しまいには泣きそうに歪み出すのがわかった。

いつのまにか、廊下にはちょっとした人だかりができていた。ばつが悪くなり、自分でもタニシュンのなにが悪いのか全くわからないままくるりと振り返って歩き出す。

＊

そのまま、私の足は水たまりを踏んでぐしょぐしょになりながらもスタジオに向かっていた。一発歌って色々ある憂いのうちのどれか一つでも成仏させてあげないと、命に関わる。

マコトさんに一声かけて部屋に入り、エレキギターをアンプに繋ぐ。ヘッドにチューナーをつけて弦をはじくと、チカチカするくらいの赤色に光った。

赤、緑、赤、緑。

「めんどくさいなあ」

心に浮かんだ言葉を、まんま声に出してみた。私の周りの人、全員めんどくさい。

「めちゃくちゃだよ」

めちゃくちゃだ、自分も含め。チューニングが終わり、私はギュイーンと思いきり弦を鳴らした。前よりずっと、重い音に感じた。

さぁ、歌おう。

私はすうっと息を吸い込み、あー、と発声をした。ゆっくりとギターを鳴らしながら、栄兄が高校時代に作ったという歌を歌う。

憂鬱な日常を洗い流すような
雨が降ったらいいのにな

外は、土砂降りだ。なにか洗い流すというよりは、地面に突き刺さるような乱暴な雨。栄兄のヤツ、意外と繊細な詞ぃ書くんだよなぁと思いながら歌い続ける。昔は、歌詞の意味なんか考えもしなかった。今は、痛いくらいに心に染みるよ。

「よっ、あさ」

ギョッとして、演奏を止める。またもやマコトさんが入り口付近の壁に寄りかかっていた。ぱちぱちと拍手しながら言う。

「さては、Ａフェス乗り気になったな？」

「歌いたくなっただけです」

ぷいっと顔をそむける。またまたー、と言いながら近寄ってくるマコトさんになにか言ってやろうと思ったけれど、弾切れだ。さっき、私が持ち合わせている暴言の全てをタニシュンに乱射しつくしてしまった。タニシュンの泣きそうな顔が浮かんできて、思わず頭を垂れる。

「な⁉　どした、具合悪いの？」

「……マコトさん、仲良しだった友達に急にマジなトーンで『気持ち悪い』って言われたらどんな気持ちになりますか」

「え？　なんじゃそりゃ。めちゃめちゃ傷つくに決まってんじゃん」

「ですよね」

ますます深く、俯く。抱えているギターを、ぎゅっと抱きしめた。

「誰か、あさにそんなこと言ったの!?」

「私が、言いました……タニシュンに」

「えぇ!?　まさかの夫婦ゲンカぁ？」

「違うっ！」

思いっきりパイプ椅子を引いて立ち上がり、マコトさんを威嚇《いかく》する。どいつもこいつも、なんなんだ。タニシュンとは、親友だって言ってるのに。

雨音が、より激しさを増す。

「なに怒ってるの、ちゃんと仲直りしな！」

「夫婦じゃない！」

「そこぉ!?　冗談だよ、いや、でもとにかく謝んなって」

マコトさんはおっこいしょ、とその場にあぐらをかくと言った。

「タニシュンくんがキモいわけないでしょ。そう何回も会ったことがあるわけじゃないけど、あんな可愛い子なかなかいないぞ？」

タニシュンが可愛い？　理解不可能を通り越して怒りにも近いものがこみ上げてくる。

「いい加減にしてくださいよ。マコトさん、電柱とか見ても可愛いって言うでしょ」

「いやー、なんて言うか、あー、この子はみんなに愛されてて、この子自身もすごく人間が好きなんだろうなって容易に想像できるような雰囲気あるじゃん。『守りたいこの笑顔』って感じ」

選挙のポスターにでも使われそうなフレーズに思わず噴き出す。でもマコトさんの顔が思ったよりも真剣だったから、私はちょっと俯いた。

確かに、そうだ。昔——本当に小さい頃、私はいつもタニシュンに笑っていてほしかった。栄兄と一緒にあの手この手を尽くしたな、と思う。

タニシュンの喘息がひどくなったのは、たしか幼稚園の年中さんの頃。それまで一緒に公園で遊ぶのが好きだったのに、タニシュンは走り回ったり飛んだり跳ねたりができなくなり、どんどん弱っていった。身体も心も辛くて、べそをかいていることも多かった。どうしたら駿ちゃん、元気になってくれるかな。いつもいつもタニシュンのことばかり考えて、家や病室の中でもできる楽しいことを常に探っていた。結局栄兄が歌を聞かせてあげるのが一番効果的だったけれど、本を読み聞かせてあげたり簡単なゲームを教えてあげたりすると、タニシュンは「あさちゃんありがとう」と嬉しそうに笑ってくれる。笑顔と一緒にきゅっと細くなる目が大好きだ。今だってそれは変わっていない。いつだって、タニシュンにはニコニコしていてほしい。

なんで私、あんなこと言っちゃったんだ――。

思わず見たマコトさんの顔は、優しかった。

「あさは、タニシュンくんのこと大好きでしょ？」

「……幼馴染ですよ、あれは」

「うん。だから、大好きな幼馴染なんでしょ」

……「大好き」って、もうちょっと別の言い方なかったんだろうかとは思うけれど、頷かざるを得ない。マコトさんはふふん、と笑うといつになく丸い声で言った。

「じゃあ、ちゃんと謝りな？『ごめんね』って。『これからも仲良くしてね』って」

わかってる、そんなこと。こうしている間にも、タニシュンは、私に撃たれた心を押さえて呻《うめ》いてる。その傷を塞げるのは、多分傷つけた張本人の私しかいない。

でも、無理だよ。今のままじゃ、きっとタニシュンの目も見れないよ……。

「大事な人への大事な言葉は、言えるときにちゃんと言いな。タニシュンくんがあさの横にいてニコニコ笑ってくれてる日常って、案外当たり前じゃないかもよ」

心なしか、マコトさんの声はだんだん小さくなっていくように思えた。語尾は、ちょっと震えている。視線は私を通り過ぎ、少しだけ晴れ間の見えてきた夕空に注がれていた。

降り積もる、沈黙――。

「マコトさん……？」

マコトさんは、ハッとしたように私の顔を見てにこっとした。少しだけ目が潤んでいて、どきりとする。

「でもなぁ。そう簡単にゃ謝れないよな。気持ち、わかるよ」

一番当たり障りのない結論に行きついたことに少しホッとする。と同時に、なに一つ解決していないという事実がのしかかってきた。ギターを膝の上に乗せ、ほとんど独り言みたいに言う。

「なんかいっぱいいっぱいなんです私、最近」

かなみんとはもう友達に戻れそうにないし。タニシュンと付き合ってるとか思われてるし。挙句《あげく》便所でキモいとか言われるし。

そして、あいつのことだってあるし！

「最低最悪のヤツがいるんですよ、弘前市内自主研の班に。ストレスでしょうがないです」

すぐに「うん？　どんな？」と食いついてきてくれるマコトさん。思い出したくもない関のメガネ面がもわもわとよみがえり、顔をしかめた。私は、クラスにいる医者志望のインテリメガネがどんな横暴な態度をとってきたか、泡を吹く勢いでべらべらと話す。若干話を盛ってしまったような気もするけど、別にマコトさんだからいいや。

私は、パイプ椅子に座り直し、床であぐらをかくマコトさんを見下ろして言った。

「ね、あり得ないですよね。どういう神経なんですか、ああいう人って」

マコトさんは、鼻の下をこすりながら答える。

「いやー、確かにムカつくけど。でもさぁ、そいつだって一応は縁あって出会った仲間なんだよ？」

うんざりする。別にそんなきれいごとじみた言葉が欲しかったわけじゃないんだけどな。

だけど、マコトさんの瞳は少女みたいにキラキラと澄んでいた。十四の自分のほうがよっぽど荒《すさ》んでいるような気がして、こわくなる。

「ムカついたときでも歩み寄ってみな？　心閉ざしてる人間に心閉ざして話しかけてもわかりあえるわけないいんだって。うまくやってきたかったら、相手が吸い込まれるくらい、自分から心の扉全開にしてみたらいいんだよ」

何気、ちょっと虚を衝かれたような気になった。

確かに関は私のこと見て嫌そうにしたけれど、思い返せばそもそも私のほうが関と話すのを嫌がっていたのだ。人間に対してのガードがかたい関が、嫌々話しかけてくるようなヤツと楽しく会話なんかできるはずない。

「心開けば、楽しいぞー。あとAフェス出るともっと楽しいぞー」

「うっわ、その流れは卑怯！」

二人で、顔を見合わせて笑う。私のは、ほとんど苦笑いだったと思うが。

「出演者は、七月中にはエントリーすることになってっから。無理は言わないけど、早めにエントリーしなよ？」

ちょっと肩をすくめる。スタジオに来るたびに私、Ａフェスの話をされ続けるんだろうな――。

「お互い、頑張ろうよ。んじゃ、歌って！」

私の膝の上のエレキギターをビシッと指さすマコトさん。私はひどく不器用な笑みを向けてギターを構える。


その夜、私は一人机に向かって計画書をにらみつけた。怨念を込めてにらみつけた。時刻表とかも、調べなきゃいけないってことだよね。私はリビングのパソコンと向かい合い、ため息をついた。時刻表の見方とか、理解できる自信がないんだよな。

スタート地点は旧市立図書館前の広場。目の前に弘前公園があるから、見てもいいかもしれない。でも、弘前公園って、桜咲いてなくても楽しいのかな。天守閣は「文化的・学術的施設」に入るのだろうか。バスは、土日祝日じゃなくて平日のところを見たらいいんだよね。どこから乗るのが正解で、お金はいくらかかるのか。

そのとき、お母さんの寝室からゴトッと音がした。ビクッとするが、なにも起きない。ホッとしたのと同時に、もうなにも考えたくなくなった。

タニシュン、私、気持ち悪いなんてちっとも思ってないよ。いつも一緒にいてくれて本当にありがとう。ずっとずっと、仲良しでいたいよ。仲直りできなかったらどうしよう。怒ってるよね。ごめん。本当に、本当にごめん。

かなみん、中学校に入って、みんなに囲まれて楽しそうに笑っているあんたを見て、私素直に喜べなかった。幼稚園のときのかなみんには私しかいなかったのに、一生友達って約束したのに、六年会わなかったくらいでなんでこんなにも赤の他人になれるんだろう。手が絆創膏でいっぱいになるくらい一生懸命叩いていたドラムも、あんなに手を抜いて……悲しいよ。

それから、Aフェスのこと――。

正直に言うと、歌ってみたい気持ちがないわけではない。でも、ここらへんのコミュニティが狭すぎるのだ。同級生だっていっぱい来るだろうし、もしあのときの男子連中も来たらどう思われるのか。あいつ、マジでミュージシャン目指してやんのってバカにされるに決まってる。傷つくくらいなら、最初から歌わないほうがマシだ。

一晩中自主研とは全然関係のないことで頭の中をいっぱいにして、うとうとしてはまた計画を考え、奮闘した。なんとか形になったときには、もう日が昇っていた。

＊

登校して早々、タニシュンの取り巻きの男子たちがなぁなぁと寄ってきた。タニシュン本人はまだ来ていなかったけど、ヤツらは声を潜める。聞いてきたのは、佐々木だ。

「鳴海さ、昨日タニシュンのことフッた？」

廊下のど真ん中であんなことをするからこうなるんだ。私は泣き叫びたい衝動をこらえて言った。

「そういうのじゃないよ。弘前の自主研の話でちょっともめちゃっただけだから。悪いけど、今日タニシュンの前で私の話しないでくれる？」

「お……おう。おっけぃ」

グッと親指を前に突き出すのは山名。私は笑顔で「ありがと」と言いつつ押しつぶされそうだった。謝らなきゃダメでしょ。自分の機嫌で親切心に怒り、一方的に言葉で殴り倒すなんて腐れ外道だ。だけどいざタニシュンが教室に入ってくるとなにも言えなかった。表情も見ていないから、どんな顔をしていたのかわからない。でも、男子たちと話す声はいつもとそう変わりない。無理してるのかな、と思うともっと顔を背けたくなった。

「あさちゃん、計画書できた？」

「え？」

かなみんだ。教室に入り、カバンを置くと真っ先に聞いてきた。私が計画書を渡すと、かなみんは「ふんふん」と声を出しながら見た。もう、文句を言われても直す時間はないぞ。

だけど、意外にも好意的な反応が返ってきた。

「えー、すごぉい！　めっちゃいいじゃん、ありがと！」

「うん……ちょっとオールナイトしちゃったけどね」

「さすが班長じゃん」

いつも女の子たちときゃあきゃあ騒いでいるときとは違う、どこか頼もし気な笑顔。少しだけホッとするけど、これ、タニシュンと関にも見せなきゃいけないんだよね。どっちに話しかけるのも地獄だけど、今はタニシュンのほうが圧倒的にハードルが高い。私は立ち上がり、関の机をちょんちょんとつついた。

「関……くん」

反応なし。

「これ、計画書作ったんだけどさ。どうかな？」

関は、例によってノートから顔も上げずに言った。

「どうかなって？」

ふう、と息を吐く。落ち着け、落ち着け。昨夜一晩の血のにじむような努力が思い出されたけど、ここで自分が可哀そうだと思ったら負けだ。もう、これ以上人とぶつかりたくない。

マコトさんの言葉を借りるならば、関は敵じゃない。同じ班の、縁あって繋がった仲間だ。

鳴海あさ。今こそ、心の扉を開け。

「関くんも班員だから、予定見てほしくて」

心臓が、内側から激しく私を叩く。心の扉開くのって、こんな内臓に負担がかかることなのか？

一瞬の沈黙のあと、あぁなるほどねと言って、関は計画書を受け取った。

そして、一瞥をくれ、興味なさげに返してきた。

「いいんじゃない？」

もう一度、さっきよりも深めの深呼吸。

でも、もう、糸はキレそうだった。

「お前今、ちゃんと見てないよな」

思わずハッと口に手を当てるが、もちろん私はそんなこと言わない。

おそるおそる目線を上げると、そこにタニシュンの燃え滾《たぎ》るような瞳があった。

「お前、読んでねぇだろ」

私は、タニシュンの喉からこんな低い声が出ること――いや、出るようになったことを知らなかった。タニシュンは関の襟《えり》を後ろから摑んで、無理やり振り返らせる。

関は一瞬戸惑いの表情を浮かべたが、タニシュンをにらみつけて言った。

「見たよ」

「見てねぇよ」

かなみんが顔をこわばらせてこっちを見てきたけれど、なんとなくそっぽを向いてしまった。やけに静かだな、と思ったら、クラスメイトがみんなこちらを見ていた。

「じゃあ最初に行く場所は」

関は、答えられない。もちろん、ちゃんと見ていないからだろう。

「あさ、オールナイトで頑張ったって、聞こえただろ。なんなんだよその態度」

タニシュンは私を指さして言った。その指が、心なしか少し震えているように見えた。

関が放ったのは、よくわからない五文字だった。

「なんでだよ」

「なんでだよってなんだよ」

関は、嘲《あざけ》るように言い放った。

「どこの世界に、こんな紙切れ書くのに一晩もかかるバカがいんだよ」

関が言い終わるのと、タニシュンが立ち上がって机を蹴散らし、その喉に飛びつくのとではどっちが早かっただろう。うわっ……と声が上がり、そのあと息の詰まるような沈黙が降ってくる。

タニシュンは、両手で関の胸ぐらを掴んでいた。

「おい」

地響きみたいな声だった。

「殴るぞ」

心臓がぎゅっと握られるような感覚に、吐き気を覚える。

みんな、時が止まったみたいに動かない。もちろん、誰も止めない。関とみんなが対立したとき、いつも止めていたのはタニシュンだったから。私は、おろおろとタニシュンの後ろに回り込むことくらいしかできなかった。

「……放せ」

関は胸ぐらを掴まれたまま立ち上がり、少し震える声を出す。それでも、精いっぱいの強がりみたいにチッと舌打ちをする。

「チッじゃねぇよ。謝れよ」
タニシュンの呼吸が、怒りでどんどん荒くなる。
「なんにも協力してないくせに、一生懸命頑張ってくれた人のことなんでそうやって
バカにできるんだよ。さすがに許せねぇよ！」
タニシュンが言った瞬間、関と目が合った。関は慌てたように視線を外し、言った。
「お前らみたいな頭悪いのに絡まれるのが一番時間の無駄なんだよ」
二度目の引き金が引かれたも同然だった。
タニシュンはふざけんじゃねぇよ！　と唾を飛ばしながら叫ぶ。関の両肩をガッと
摑んだかと思うと、そのまま固い床にダイブする。ぶつかった机と机が破壊音のよう
な悲鳴を上げ、みんな一歩ずつ後ずさりする。関は背中を床に叩きつけられて少し呻
いたけど、タニシュンが自分に向かってこぶしを振り上げているのを見ると声を失っ
た。
「や……ちょっと！」
かなみんが近づくけど、近づいただけでなにもできない。関の喉がひっ、と鳴った。
「タニシュン！」
私もさすがに、タニシュンの肩に飛びつく。
「やめなって！」

後ろから必死にタニシュンの腕を引っ張るけど、びくともしない。いつの間にこんなバカ力になっちゃったんだろう。昔ケンカしたときはいつも私が一発で組み伏せたのに。

「落ち着いてよ、ねえってば！」

「ちょ、やべぇってタニシュン！」

山名も、止めに入ってくれる。男の力で引き離され、ようやっとタニシュンと関の間に距離ができる。タニシュンは「うっせぇんだよ！」と暴れ、最後の抵抗で近くの机を一つ蹴り飛ばしたあと、騒ぎを聞きつけて入ってきた担任に連行された。

そうだ。幼稚園の頃、一緒に遊んでいるとき、タニシュンが発作を起こしたこともあった。急に口数が少なくなったと思ったら、その呼吸にゼイゼイという音が混じって、涙目になり、しまいには二人で作った砂のおうちの上に吐いた。先生呼びに行かなきゃと頭ではわかっていても、喘《あえ》ぐような息をするタニシュンを前に身体が動かなかった。自分が離れている間に駿ちゃんが死んじゃうんじゃないかと思った。結果的には、異変に気づいた先生が駆けつけてくれたんだっけ。小学校に入っても入退院を繰り返すタニシュンは、やっぱり弱い子だった。

解放された関は仰向けのままうつろな瞳で天井と向き合っていた。保健室の先生に抱き起こされ、心配げに色々と話しかけられる関を見ながら、私は他の多くのクラスメイトと同じように呆然と立ち尽くす。

——私、あんなタニシュン知らない。

思ったとたん、急に怒りとは別の糸が切れて、ぶわっと涙が溢れてきたのだった。


そのあと、タニシュンと関がどうなったのかはわからない。ウワサによると、放課後関の親が顔を真っ赤にして怒鳴り込んできたそうだ。相当な騒動だったらしく、目撃したクラスメイトたちが「関のババァ、引くほどヒステリックだったぜ」とか、「タニシュン、泣きながら土下座してたよ」なんて言っているのも聞いた。ひそひそ話が起きるたびに、私は別の場所に移動して身を潜めた。

でも、騒動の次の日、タニシュンは普通に学校に来たのだ。その顔を直視することはできなかったけれど、声色はいつも通りだった。

「元気出せよ」

タニシュンが登校してきて真っ先にすっ飛んできてその肩をぽんぽんと叩いたのはもちろん山名だ。

「なんも、大丈夫だから。ごめんな迷惑かけて」

「気にすんなって。別に誰にも迷惑かけてねぇよ、悪いの関だし。なあ?」

山名が男子どもの顔を見ると、みんな大きく頷いた。

初めて見た、タニシュンの本気の怒り。関の言葉が引き金を引いたのは確かだけれど、私に罵倒《ばとう》されたストレスも一因だったんじゃないか。謝れないうちに、どんどん事態が大きくなっていく。

「ねぇねぇ、関くん」

かなみんが、関の腕をつついた。関は、あんなことがあったせいかさすがに無視せず、ちゃんと勉強の手を止めてかなみんのほうを見た。こんな状況でまた空回りなアプローチを始めるのかとうんざりしたが、実に意外な言葉がその口から飛び出した。

「ちゃんと、あさちゃんに謝りなよ」

関の口からわずかに「え」と声が漏れた。かなみんはほっぺたを膨らまして続ける。

「あんな言い方ひどすぎじゃん。関くんも痛い思いして可哀そうだったけどさ、もとは関くんがあさちゃんのことバカにするみたいな言い方したのがいけないんじゃん、だからタニシュンは怒ったんじゃん。自主研のことだって、なんにも協力してないのに。タニシュンは、関くんに謝ったんでしょ。じゃあ、関くんもあさちゃんに謝らなきゃじゃん」

「……」

私は、ぽかんとしてしまった。ウソだ。かなみんが、関に向かってわざわざそんなこと言うはずないじゃないか。

「人に悪いことしたらねぇ、謝らなきゃいけないんだよ」

私の心にも、ズキリと痛みが走る。そうだ。悪いことをしたら、謝らなきゃダメなんだ。幼稚園で習うことじゃないか。

関も、タニシュンにまだ謝れない私も、同じようなものだ。

「クソだよな、マジで」

かなみんの言葉を聞いているうちに感情をヒートアップさせた山名が、ドスの利いた声で言った。

「お前なんか、クラスにいなきゃよかった」

その言葉に、関の顔色がサッと青ざめた。と同時に、タニシュンが大きな声で言った。

「山名、やめろ」

山名を見るタニシュンの顔は、怒っていなかった。むしろ泣き出しそうに歪んでいた。乞うような声だった。

「いいから。関、ちゃんと反省してるから」

「なんで急に関の肩持つんだよ」

山名の低い声に、タニシュンは尻込みしたように俯く。だけど、山名の変声期の声なんてかなみんのサイレンボイスにかかれば一瞬でかき消されてしまう。

「ちょっと山名くん、人に便乗しないでよ。今話してたのウチと関くんなんですけど！」

「はいはい、すみませんでしたね！」

山名は、はぁっとわざとらしいため息をついて自席に戻った。「あーあぁ、怒っちまったなぁ」とお気楽な声で佐々木。関は、ばつが悪そうにもじもじとしている。なんだか、えらく険悪な雰囲気だ。もう、親の腹の中まで帰りたくなった。

＊

土曜日、青森駅前でひとりカラオケをすることにした。歌いたいけれど、スタジオに行ってマコトさんに会うことすら億劫だったのだ。人生初ひとりカラオケではあるが、恥ずかしいのは入る瞬間くらいだろうし、気を強く持とう。

三十分くらい中心部に向かうバスに揺られると、案外すぐに着いた……早く、着きすぎた。

私は、カラオケが開くまでの時間つぶしに駅ビルのカフェに入ることにした。断っておくが、けっしてこういうところに慣れているわけではない。注文を噛みまくって真っ赤になりつつも、どうにかなんたらかんたらフラペチーノを手に入れる。昼時でだいぶ混み合っていたけれど、かろうじて空いていた窓近くのテーブルに座った。右横のテーブルには男女。小さな仕切りの向こうから、声変わりしかけの男の子とお母さんらしき女の人の声がした。なんとなく息を潜めるようにしてストローを咥《くわ》える。

お母さんらしき人のほうが、ちょっと深刻そうな顔で男の子に言った。

「それで？　普段からもあの人ってあんな感じなの？」

「……わからない」

耳がぴくっと反応する。この子の声、どこかで。

「まぁもともとあなたとは縁ないんでしょうけど、あぁいう野蛮なタイプの子は。やっぱり自主研の班、変えてもらったほうがいいんじゃないの？　先生もいいって言うわよ」

男の子の声を聞いて生じた疑念が、決定的になった。この人たち、やっぱり親子だ。そして、恐る恐る男の子を仕切りの隙間から見る。みぞおちのあたりを流れる血液が、とぷんと揺れる。

関だ。

「……大丈夫だから。もう学校に怒鳴り込んだりしないでね」

「まぁ、簡単にはしないけど。今の先生たちって電話しただけですぐモンスターペアレント扱いだし」

はぁ、とため息をついてカフェラテらしきものを一口飲む関ママ。顔は直視できないけれど、おそらく結構美人だ。なんとなく、お母さんってよりはママって感じ。ちなみに、関の手元にはチーズケーキとアイスココアがある。

こんな最悪のミラクルがあってたまるか。私は、仕切りの陰に隠れるように姿勢を低くした。

「でも、ほんとにこわいねー。そんな乱暴な子、いるのね今どき……って思っちゃった。次、慎ちゃんになにかあったら、お母さん本当に考えるからね」

関ママがさっきから言っているのはタニシュンのことだろう。野蛮、こわい、乱暴。違う。タニシュンはそんな人じゃない。

少しだけ姿勢を戻して、横目で二人を見た。関はなにも答えずに、おもむろにチーズケーキを口に入れ、咀嚼《そしゃく》する。ママの声は、ずっと優しい。

「慎ちゃん、それ、美味しい？」

「うん」

「一口ちょうだいよ」

言うと、関ママは関の手からフォークをさっと取り、ケーキに刺した。一口食べて、「おいしー」と満足げに微笑む。思春期の男の子がお母さんにこんなことされたら怒り出しそうなもんだけど、関はされるがままだ。

なに黙ってるんだ。タニシュンには、クラスのみんなとケンカになりそうになったときいつも止めてもらってるって言いなよ。タニシュンが怒ったのは、自分の言葉のせいだって、普段は絶対にクラスメイトに手を上げるようなヤツじゃないって、ちゃんと言ってよ。

小さな頃から、タニシュンの周りにはいつだって人がたくさん集まっていた。タニシュンはどんなことがあっても絶対に仲間外れにしたり意地悪をしたりしないって、みんな知っていたからだ。

ケンカになっても、ひと言「ごめん」と謝れば次の瞬間からニコニコ笑って接してくれる。年上の子だろうが年下の子だろうが、泣いている子がいれば泣き止むまでそばにいてくれる。そんな誰からも好かれるタニシュンが、私といるときが一番楽しいと言ってくれるのが本当に嬉しかったんだ。

タニシュンが誰に対しても分け隔てない優しい人だって、関も知ってるはずだ。あの優しさや温かさすら、うっとうしいと思ってるのかな。

なんにせよ、あいつがあんな風に誰かに牙を剥《む》く姿を見るのは初めてだった。幼馴染の私さえ見たことがないタニシュンを、関なんかに見せられたくなかった。

悔しかったんだ。ほんの一瞬だけど、初めてタニシュンのことを「こわい」と思ってしまったことが。

「まぁ、いいのよ。いつも言うけど、慎ちゃんが毎日楽しければね。あとは一生懸命勉強して、ね。うふふ」

「そうだね……」

関は、そう言ってちょっとだけ微笑んだ。横目でちらっと見た初めての関の笑顔は、私の腹の奥のなにかをごうごうと燃やした。

関は、タニシュンが罵倒されてるときもこうやってヘラヘラしていたんだろうか。哀れな被害者みたいな顔して、庇《かば》いもせずに、平謝りのタニシュンを見下ろしていたんだろうか。自分が椅子に爪を立てていたことに気づいたとき、聞き覚えのある声がした。

「あれ？　関じゃね？」

関が、ハッと顔を上げた。私も声がしたほうを見る。

カウンターのほうから、山名と佐々木が二人で歩いてきた。これだから休日の駅前は嫌いなんだ。

「え、関？　誰それお母さん？」

「なに？　は？　それで……鳴海!?」

佐々木が声を上げると、関も私の存在に気づいて目を見開いた。私は、「あっ、あぁ……」と全員に向けたようで誰にも向けていない小さな会釈をする。

「席空いてねぇな……」

「あなたたち、慎ちゃんのクラスの子？」

山名と佐々木は顔を見合わせてちょっとニヤッとしてから、「そうでーす」と言ってみせた。関ママは、嬉しそうに目を細めた。

「この子が食べちゃったら私たち席空けるけど。よければ、待ってたら？」

「あ……っス」

二人は、もう一度顔を見合わせる。見ると、関ママはもうマグカップを空にしていた。関の皿に、一口分くらいのケーキとちょっとのアイスココアが残っているだけだ。頬を赤らめ、慌てたように最後の一口を食べる関。関ママは、やっぱり微笑ましいものを見るような顔をしている。

「昔から慎ちゃんはチーズケーキなんだもんね、チョコとかじゃなくって。ここの、ぎっしりしてて美味しいもんね。好きなもの食べてるときの顔、一番可愛い」

関は、爆発寸前みたいな真っ赤な顔でアイスココアをあおる。しかし、焦りすぎて気管に入ったらしくグフッと口を押さえて咳き込み出した。耳の後ろが、ますます赤くなっていく。

関ママは大げさなくらい仰天して立ち上がり、その背中をさすった。

「ちょっと、大丈夫!?」

「いいからっ、やめて……」

むせ返りながら、ママの手を振り払おうとする関。その様子を見て、佐々木がなにやらスマホを取り出した。こらえきれずにプフッと噴き出し、山名に背中を叩かれる。

今初めて関ママの顔をちゃんと見たけれど、思った通りすごくきれい。でも、男子中学生の息子との距離感としてはちょっと異常だ。まるで、五歳の子どもを相手にしているような接し方や猫撫で声。いつもクールに問題を解いたり、医学書みたいなものを読んだりしている関と今の姿とのギャップが大きすぎて、若干引いてしまう。私は慌ててフラペチーノを吸うと、関親子より先に逃げるように駅ビルの外へ出た。

気を取り直していよいよひとりカラオケだ。会員証を作らされ、男子高校生の団体と呼吸を止めながらすれ違い、自分の部屋に向かって歩く。三〇八号室だから、三階の一番奥だ。部屋の外までおっさんの素晴らしい演歌が漏れているのだが、その中に管楽器の音色が交じっているのを聞いた。もう少し先のほう。どこかで聞いたことがあるような気がする。これは、サンバ？

ゴクッと生唾を飲み込んだ。

『宝島』――。

動悸の激しい心臓を押さえ、二〇五号室あたりからちらちらと部屋の中を覗いてみる。まさか、まさかとは思うけれど。三〇六号室に続き、三〇七号室を覗いた。そして、息を呑んだ。

どうしてタニシュンが、駅前のカラオケ店なんかでホルンを吹いているのか。部活は？　友達は、一緒じゃないの？　次々と聞きたいことが溢れてくる。どうやら私は呆然としたまま、数秒にわたって『宝島』の音源を流しながらホルンを奏でるタニシュンの姿を覗いていたらしい。やがて妙な視線に気づいたタニシュンが、ドアのほうをチラッと見た。目が合った。

もう、手遅れだった。

ガチャッとドアが開く。ホケッとした、いつものタニシュンの顔があった。

「あさ……？」

ダメだ。名前を呼ばれたら、もう私はダメだ。

「あさ、どした」

穏やかな声。数日ぶりに、ちゃんと対面する慣れ親しんだ顔。抱きついてしまいたい衝動をこらえると、その反動か伝えたいことが溢れてきた。そして、その中で最も言いたい言葉がぽろりと零れ出た。

「ごめんね、タニシュン……」

ほろっと大粒の涙が落ちる。タニシュンは目を見開き、慌てたように部屋の中を指さした。

「うわ、どした！　とりあえず、は、入る？」

「……うん」

　私は、自分の部屋にフロントで借りたマイクと伝票だけ置いてタニシュンの部屋に入った。黄色いソファに身体が沈み込む。私は、あとからあとから出てくる涙を拭いながら言った。山名に「デキてる」とかなんとか言われてどうしようもなく恥ずかしかったこと。タニシュンのことをキモいとか嫌いだなんて一ミリも思っていないこと。あんなことを叫んで、とても後悔しているということ。これからも、仲良くしてほしいと思っていること。

　さすがに、女子トイレで聞いた話には触れなかったけれど。

「だ、からっ……ごめん、ほんとに……ごめんっ」

「ちょ、あさ、泣くな泣くな！　全然いいから、気にしてなかったし」

　気にしてなかった、と発したタニシュンの声は、ジェットコースターから降りたときのような猛烈な解放感を帯びている。なんでもっと早く謝れなかったんだろう。

「タニシュンと……仲直りできなかったら、どうしようかって私」

「いや、そんな！　こっちのセリフだよ、もう、マジでよかったぁ……山ちゃんのバァカ！」

　両手で顔を押さえ、ぐぉーんと上体をのけ反らせるタニシュン。全然、怒ってはなかった。ひたすら、自分が私になにかしたんじゃないかと自問自答を繰り返して、悩んでいたみたいだ。

タニシュンは、昔と比べて身体も大きくなったし、声も低くなって、力だって強くなっていた。それでも、一番大切な部分――優しい心は、小さな頃となにも変わっていないんだ。タニシュンは、ずっと私が知っているタニシュンのままなんだ。失ったものを全て取り戻せたような安心感で、私は言った。

「なんで、こんなところでホルン吹いてたの？　部活、サボり？」

冗談のつもりだった。でも、タニシュンの次のセリフは私を奈落の底に突き落とした。

「俺、吹部、やめたんだ」

わけがわからない。なんで。あんなに、一生懸命頑張ってたじゃないか。誰よりも努力して、誰よりもキラキラ輝いていたじゃないか。

「あんな問題起こしてさ……関の親も来たし、俺の親も呼ばれたし。なんか、責任取らなきゃな、と思って」

「せきにん？」

喉から、からからに乾いた声が出た。瞬《まばた》きするたびに、目がぱしぱしと潤いのない音を立てる。

「関のこと俺床に押し倒して、殴ろうとしたじゃん……したらしいんだよ、はっきり覚えてないんだけど。それ自体もだけど……あのごちゃごちゃの中で、関の腕時計がぶっ壊れたんだよ。それ、あいつのお父さんの形見だったらしくて」

形見？　お父さん、亡くなってるってこと？

しばらく、二人ともなにも言わなかった。カラオケをお楽しみの皆さん、僕たちビックスターズです。僕たちのファーストアルバム『シャイニング』がリリースされました、いぇーい。画面の中で能天気に話す若い男たちの声だけが、やけに大きく耳に響いた。ぱさぱさに乾いた唇から、どうにか声を出す。

「なんで……」

「詳しいことはわからない。でも……」

関、お父さんの代わりだと思って時計つけてたんだって……と続け、肺がつぶれるくらい深く息を吐くタニシュン。やけに高そうな時計だなとずっと思っていたけれど、お父さんのものだったからなのか――。

「俺、ほんとはまだまだステージに立ちたかったんだ、こいつと。大好きな『宝島』、大好きなこいつと一緒に演奏したかった」

タニシュンは、ホルンをじっと見つめた。本当に愛おしいものを見る目だった。

「だけど、そんな最低なことして、のうのうと自分の好きなことしてらんないよな」

泣いて土下座するほど罵《ののし》られたっていうのも事実なんだろう。大人たちに囲まれて、しかもそこに誰も自分の味方はいなくて、ただひたすら頭を下げるしかなかったんだろう。

「……でも、吹部、タニシュンのホルンが抜けて大丈夫なの？」

私の言葉に、タニシュンは顔を歪めた。

「俺がやめて、陰ですげぇ喜んでたよ、部活のみんな。俺、うぜぇんだって。だから、いなくなってせいせいしたってさ。俺が問題起こして、やめてくれてラッキーだって」

こんなに辛そうな笑顔、初めて見る。誰……誰が、そんなひどいこと言ったの？

「ごめんな……」

タニシュンは、ホルンをぎゅっと抱きしめた。もう一緒にステージに立てないよ、ごめんな。俺が買ったばっかりに、ごめんな。どんなに言葉をかけても、タニシュンが息を吹き込まない限りホルンはなんの音も発してくれない。

「こいつさ、ただの楽器じゃないんだ。相棒なんだ」

タニシュンの白い手が、大きなベルを優しく撫でる。まなざしは穏やかだけど、口元は歪んでいる。

「ずっと、運動できるみんながうらやましかった。野球部入ったり、サッカーのクラブチーム入ったり……俺もほんとはそういうの、したかった。でも、喘息はどんどんひどくなるし、下手すりゃ学校に行けない日も出てきてさ。もう俺は一生全力で打ち込めるものに出会えないのかなって何度も何度も考えて、そのたびに辛かった」

胸が、ぎゅっと締めつけられる。知らなかった。タニシュンが、笑顔の裏で一人闘っていたこと。なにも、気づいていなかった。

「だけど、中学校に入ってこいつに出会って、ああ、俺にもこんなに夢中になれるものがあったんだって気づいて。こいつを吹けば、楽しいことも悲しいことも全部あったかい音になるんだ。みんなみたいな丈夫な身体じゃないのが嫌で嫌で仕方なかったけど、そのおかげでこいつに出会えたから……今までいっぱい悩んできた時間も、無駄じゃなかったって思えた。こいつに出会えたから、今の俺がいるんだ」

ありがとう――。

そう言って、ホルンを抱きしめる力を強めたタニシュン。かける言葉なんて一つも見つかりそうにない。関が悪いんだから、いいじゃん、やめなくたって。そんな無責任なこと、言えない。タニシュンだって、めちゃくちゃ悩んで悩んで決断したんだ。安易な言葉は、きっとタニシュンを傷つける。

どんなにキツくても、周りに理解されなくても、ただひたすらにホルンに魅せられて、あがいて、トップ奏者にまでのぼりつめたタニシュン。みんな、そうやって摑み

「あ、それ！　去年の定演で俺ら吹いた。ポップスのステージで」

「ほんと？」

「ちょうどいいじゃん。あさ歌って。俺、こいつ鳴らすから」

ニッと笑ってホルンを構えるタニシュン。右手は後ろ向きについたベルの中に置かれる。つくづく、不思議な持ち方の楽器だと思う。

タニシュンのホルンと、コラボか……。

二人での演奏なんて、初めてだ。曲を入れると、イントロからタニシュンは目を閉じ、思いっきり鳴らしてきた。ぶろーん、という力強くも優しい響き。私の喉が、どんどんテンションを上げていく。出だしは照れで少し声が震えたけれど、Bメロで持ち直した。あとは、ひたすらメロディーと、タニシュンのホルンの音に声を任せるだけだ。恥ずかしい、という感情は一切消える。途中から、なぜかぱたりとホルンの音色が途切れてしまったんだけど、気にする間もなく私は歌った。心の底から湧き出る思いを、ことごとく声に乗せる。

私、なにがあってもタニシュンの味方だよ。お願い、元気出して。私のためにあんなに怒ってくれたこと、忘れないよ。ありがとう。親友でいてくれて、本当にありがとう。

歌いながら、ホルンを吹いているときのタニシュンが一番タニシュンらしいんだなと思った。生き生きとした姿が本当に明るく映える。

歌い終わり、最後のメロディが消えるまで、私の心は揺れていた。「ごちゃごちゃ考えながら歌えば、絶対うまくいかねぇんずよ」と栄兄はいつも言ってたし、あまりいい歌声じゃなかったかもしれない。

「……なんで、途中で吹くのやめちゃったのさ」

そう言おうとしてタニシュンの顔を見る。その表情は、ふにゃりと歪んでいた。

「え、なに、ちょっと大丈夫!?」

「いやっ……すげぇもん、だって。あさの歌、やべぇ……」

タニシュンは、泣いていたのだ。恥ずかしそうに唇を噛んで。おろおろしていると、とうとう両手で顔を押さえて嗚咽《おえつ》を漏らし始めた。胸の中の氷の塊が解けて、水になって、ぼろぼろと目から溢れ出してくる。

「あさ……すげぇよ。なんで、そんな歌うまいこと今まで教えてくれなかったんだよ」

これは、悲しい涙じゃないよね。なにがあっても味方だよって、私のメッセージがちゃんと届いたから嬉しくて泣いているんだよね。

私の心も、震えた。私の歌声に、こんな力があったのか。

吹部の子たちは、タニシュンのことなにもわかっていなかった。人一倍情熱を持って頑張っているタニシュンのどこがうざいんだよ。そんなところ、やめてしまって正解だったのかもしれない……というか、吹部やめてよかった、くらいに思える日が来たらいいのにな。そう思ったら、私の口はすごく自然に動いていた。

「ねぇ、タニシュン、Aフェス出なよ」

え、と真っ赤な目をこすりながら首を傾げるタニシュン。

「俺……もう吹部やめたから、出ないよ……？」

「そうじゃない。ソロで出るの」

タニシュンは、目をぱちぱちさせた。ねぇ、マコトさん、音楽を愛していればAフェスの出場資格があるんだよね。

ソロでも、吹いたらいいじゃないか。きっと、タニシュンならそのホルンで会場を盛り上げられる。普段は目立たないパートの演奏が多いホルンを、タニシュンが主役にしてあげたらいいじゃないか。

珍しく、タニシュンの声は弱気だった。

「いや……すげぇ、嬉しいけどさ。俺、責任取って部活やめたのに、ソロでステージ上がったら、意味なくないかな」

私は、はっきりと首を振った。ガラにもなく熱い言葉が、胸の奥から湧き出てくる。

「タニシュンは確かに問題起こしたけど、でも一回間違えたからって、タニシュンが輝く権利が奪われたわけじゃないんだよ。私、タニシュンのホルン大好きだもん。すごく、勇気出るし、鳥肌立つもん。罪滅ぼしなら、演奏しないより演奏していろんな人に希望を与えるほうがよっぽどいいと思う。音楽は、人の心をあっためるんだよ」

「あさ……」

タニシュンは、再び泣きそうな顔になる。そして、ホルンを見つめた。

「……ありがとう。でも、一人はちょっとこわいかなぁ——」

ハッとする。

そりゃそうだよね。吹部だってステージに立つのに、別枠で孤独に演奏するなんて、私は無理だ。自分ができもしないことを人に押しつけている——。

「あさと一緒なら、頑張れるかもしれない……」

え？　思わず聞き返す。タニシュンは、少しだけ前向きになった顔で続けた。

「俺がホルン吹いてる横で、歌ってくれないかな」

タニシュンの照れくさそうな表情を見て、ふと、タニシュンが私に片思いしているというウワサを思い出してしまった。なんだかこっちまで恥ずかしくなる。

「あさの歌、ほんとすごかった。勇気出るし、鳥肌立った」

自分が相手にかけた言葉がそのまま返ってくるって、ものすごく照れくさい。私は頭をかきかき、考えた。テスト、栄兄の存在、周りの目、そもそもの演奏の実力——。

あぁ、もう、どうでもいい。

今私が見たいのは、タニシュンの心からの笑顔だ。


「わかった。一緒に出よう」


言ってしまった。タニシュンの顔が、パッと明るくなる。あぁ……あんなにもやもやしていたことを一瞬で決めてしまった。

「ありがと……ありがとう、あさ」

私はますます恥ずかしくなって、なにも言えなかった。

「あさの歌、すっげぇ、よかった」

タニシュンも、再び照れ始める。そのまま部屋に戻ってカラオケを始めるのもなんなので、お店の人に伝えた一時間には微妙に届いていないけれど、カラオケ店を出ることにした。

外に飛び出したら、珍しい天気雨だった。白い水滴が地面に向かって泳ぐ真昼の光の中を、青森駅に向かって歩く。生暖かい雨粒が、頬を優しく打つ。

あっさりと、出ることになってしまった。テストとか周りの目がどうとか、全部飛び越えてこんなことになってしまった。それでもAフェスに出ると決めてしまったことで、ようやく自分の気持ちのチューニングができた気がする。

私、やっぱり歌いたかったんだ。ミュージシャンになるとかならないとかはともかくとして、大勢の人の前で歌ってみたかったんだ。

聴いてくれた人の心をあったためてみたい。私自身の、歌声で。

しょうがない。月曜日の放課後にでも、マコトさんにちゃんと話しに行こう。心に決めたとき、空にかかる虹に気づいた。

*

週明け学校に行き、タニシュンが来るのを待った。放課後マコトさんにAフェスに出る旨を伝えに行こうと思っていたので、早速二人でステージの話を詰めたかった。

でも、タニシュンはいつになっても姿を見せない。バカ男子連中も心配げにずっときょろきょろしていた。結局、ホームルームになってもタニシュンは来なかった。

「谷岡は、喘息……っと」

朝の出欠確認で、村井先生が呟くくらいの声で言ったのを聞き逃さなかった。

なんで……どうしたの？

私は、ホームルーム後教室を出ていく先生を追いかけた。

「先生、谷岡くん、どうしたんですか」

ちょっと苦い顔をする村井先生。先生は、こないだの一件でタニシュンのことをめんどくさいヤツ認定したらしい。もともと大人受けがあまりよくないタニシュンだけど、村井先生は関ママに「担任もどうなってるのよ」と罵倒されたらしく、それをちょっと根に持ってるようだ。事情もちゃんと聞いてないくせに。

「土曜日の夕方あたりに咳が出始めて、夜中に少しひどくなったみたいな話だったな。もうだいぶ治ってはきたけど、久々に症状が出たんで大事をとるってことだ」

土曜日の夕方。あの、カラオケのあとってことか。

「発作起こしたんですか？」

「よくわからないな、その辺は。軽くは起こしたのかもしれない」

あんまり余計な心配しなくていいから早く授業の準備しろよ、と言い、先生は逃げるように職員室に消えていった。

心臓がお腹のあたりまでスッと落ちたような気持ち悪い感覚があった。もしかして、ストレスで症状がぶり返したのだろうか。

タニシュン大丈夫だよね、ちゃんと戻ってくるよね。言い聞かせつつも、息苦しさを覚えたまま私は席に着いた。

三時間目は担任による道徳だけど、心配で集中できる気がしない。今回はどうやら母との絆的な話らしかった。

「先生風邪気味でちょっと声嗄れてるから、代わりに誰か読んでくれねぇかな」

こういうとき、手を挙げるような人はこのクラスにはいない。でも、今日に限ってすぐに手が挙がったから、しかもそれが半分不良みたいな山名だったから、少々ざわついた。

「山名、珍しいなお前」

山名は、ニヤニヤ笑いながら言った。

「先生、違います。推薦です。ぼくぅ、関がいいと思いまーす」

「あ?」

眉間にしわを寄せる先生。山名は、ふんぞり返り教室中に響く声で言った。

「関くんめちゃめちゃお母さんと仲良しなんでぇ、ちょうどいいかなーって」

山名の言葉に、カフェでの関を思い出す。

「そうなのかぁ。それじゃあ関に、読んでもらおうかなぁ」

やけに穏やかな声で関を当てる先生。関は、いつも鉄仮面みたいに動じない顔を、わずかにこわばらせていた。

「……あの、どうして僕が」

「さっさと読めよー。時間の無駄だぞ」

山名の言葉は、関の口癖だった。関は、消えそうな声で教科書を読み始めた。

「ぼくの……ぼくのお母さんは、今年から働き始めた。ぼくの、受験のためだ。スーパーの裏方で、手荒れのする仕事を毎日のようにこなした」

読みながら、関の声が少しずつ震えてくる。

「いつも、お母さんは時間がないのにぼくの……ぼくの、お、お弁当を作ってくれて……早起きで……っ」

「関、どうした。大丈夫か」

先生が、さすがに関の音読を止めた。関の息遣いが、はぁはぁと荒い。

「読んでるうちにお母さんのこと思い出しちゃったんじゃないですか？」

山名の言葉に、先生は微笑ましそうな顔を作った。

「自分のことと重ね合わせながらものを考えられるのは、素晴らしいことだなぁ。さすが関」

山名が、ぱちぱちと拍手をした。つられてみんなも手を叩き出す。指笛を吹くヤツもいた。

関がママとカフェデートしていたことはとうにクラス中に広まっているらしい。知らないのは先生と、一部の子だけみたいだ。もちろん、バカにされていることは関もわかっている。でも、なにも言い返せない。

この世の誰もが関の肩を持っても、タニシュンの味方でいようと心に決めた。
だけど、味方が誰もいないのは、むしろ関のほうだった。

その放課後、早速山名は関に牙を剥いた。
「おい、マザコン」
ケラケラと笑いながら近寄ってくる。他の男子たちも面白そうにこちらを窺ってい
た。家庭部でクッキー作りをするからとすぐに教室を出たかなみんを含め、数名はも
う帰っていたけれど、大方の子は残っていた。
「マジキモすぎたわ土曜。ドン引き」
「写真撮っちゃった、俺」
佐々木が、A4くらいのサイズの写真らしきものを関に見せる。その表情が引き
つっているところを見ると、一昨日のママと一緒にいるところの現場を押さえられた
のだろう。こいつらはようやく、関のすさまじい弱みを握ったのだ。写真を、拡大プ
リントアウトまでしたのだ。なんという執念なんだろう。
なにも言えずに顔を引きつらせる関に、満足げな目を向ける男子たち。
「これみんなに見せびらかしてもいいよな。ママ、大好きなんだもんな」
関は、立ち上がって佐々木に手を伸ばした。

「そ、それ、よこせ」

山名の目がスッと冷たくなる。

「んあ？」

関の背中にドッと重い蹴りが入る。突然の攻撃に、関は人形みたいに無抵抗に倒れて、床に顔を打ちつけた。頬の内側を噛んだらしく、「うっ」という声と共に口を押さえる。起き上がらない関の後ろ姿に、山名は容赦なく言葉を浴びせた。

「カス。タニシュン部活やめたんだぞ。お前のせいだよ。なんとも思わねぇ？」

え、ウソでしょタニシュン吹部やめたの？　あの事件で？　と、教室がざわつき出す。

「あいつにとってどれだけ吹奏楽が大事なもんだったかわかるか？　人の学校生活めちゃくちゃにして、自分はのうのうといい高校目指して頑張ろうってか」

山名の声以外、音はなにもない。

「お前のせいだ。お前に追い詰められて倒れたんだよ、あいつ。絶対許さねぇからな！」

あまりの剣幕に、関の喉仏がごぐっと上下した。その身体は、かたまって動かなくなる。その態度も、山名の癪《しゃく》に障《さわ》ったようだった。

「なあ、なにボーっとしてんの関くん」

山名は追い詰められた獣のような目をする関を無理やり胸ぐらを掴んで起き上がらせると、ついに胃にこぶしを叩き込んだ。

「ちょっ……」

思わず、声が出る。声もなく、床に崩れ落ち、お腹を抱える関。山名は、その横にしゃがみ込み、容赦なく関の前髪を掴んでぐぃっと顔を上げた。

「佐々木、写真さらしちゃっていいよ」

「え、マジ……」

さすがに少し顔を引きつらせつつも、佐々木は私たちのほうに写真を見せた。ちょうどアイスココアでむせ返っている関がお母さんに背中をさすられているところだった。なにも知らないで見たら、いちゃついているように見えなくもない。

「見ろよ。こいつ、超マザコンなんだよ。マジキモくね？」

ケラケラ笑う山名。閲覧注意の動画を見せられたように、みんな顔を白くしていた。

「ほら、マザコンが理由でイジメられましたって！　ママのせいで腹パン食らいましたってチクれるもんならチクってみろや！」

関は歯をぎちぎちと食いしばって痛みに耐えながら、力いっぱい山名をにらみ返す。

やめてよ。タニシュンは、こんなこと望んでないよ。

「なんだよその目。ムカつくんだよ！」

山名には、もうなにも見えていない。近くにあった誰かの辞書を手に取って、思いきり振り上げる。心臓がびくっと跳ねた。

「——関！」

とっさに、身体が動いた。私は床に倒れている関に覆いかぶさる。山名は「あっ」と声を上げたが、もう辞書はヤツの手を離れたらしかった。

背中に、ゴスッと辞書の角が当たる。

「痛った！」

思わず声を上げた。関は、うつろな目で自分にのしかかる私を見つめている。

背中をさすりながら振り向くと、山名が呆然と私を見ていた。

「な、鳴海……」

さっきまで完全にいっちゃっていた目に、わずかながらも正気が舞い戻っている。

「ごめん！　大丈夫か」

私はハッとして関の身体から離れた。山名を見る。口では謝罪しているけれど、どこか不満そうな顔が訴えているように思えた。

邪魔しやがって——。

私は慌ててカバンを背負うと、振り向きもせず教室を出た。廊下を歩きながら、身震いした。

正直、関なんか山名にでもぶん殴られたらいいと思っていた。タニシュンはそんなひどいこと思っていないだろうけど、私は、関もタニシュンみたいに大事なものを失って絶望したらいいと思っていた。今あいつはしっかりと山名にボコられたし、尊厳もプライドも失っただろう。目の前で全部望みが叶ったのに、なんでこんなに嫌な気持ちになるんだろう。関、まだ殴られてるのかな——。

頭の中にぐるぐるの竜巻を抱えながら階段を下り、踊り場まで来たとき、突然場違いなほど明るい声に呼び止められた。

「あ、ねぇあさちゃん！」

かなみんだ。イライラしながらも立ち止まって振り向くと、エプロン姿のかなみんがぱたぱたと私のいる踊り場まで下りてきた。

「クッキーもうちょっとでできるんだけど、家庭科室に寄って食べていかない？」

大好きな関が教室でリンチに遭っているとも知らずに、邪気のない笑顔で話しかけてくる。

「なんで、私なの」

え？　と不思議そうな顔をするかなみん。邪魔しないで、私、今日これからマコトさんのところに行かなきゃいけないの。

「なんでって、友達でしょー。弘前だって一緒に行くし」

友達？

「そんなこと思ってないくせに」

一年の春先、私のことを嘲笑ったかなみんの声がよみがえる。言ったほうは覚えていないのかもしれないけど、私はものすごくショックだったよ。

「自主研の班だって関くんがいるから入っただけで、私のことは嫌なんでしょ。ミユキちゃんとがいいんでしょ」

楽しみにしてたのに。中学校で、またかなみんと仲良くなりたかったのに。

「トイレでも私のこと思わせぶりとかキモいとかそういう話ばっかしてさ」

そうかと思えば関に「あさちゃんに謝れ」って言ってみたりさ。

「もう、夏南ちゃんのことがわかんないんだよ」

「あさちゃん……」

私は、それ以上なにも聞かずにひと言じゃあねと言ってかなみんの横を通り過ぎた。失恋とかでよく言う、吹っ切れた、という言葉が似合うかもしれない。もう、この子に執着したり切ない思いを抱いたりしている時間がもったいない。颯爽と、昇降口へ向かった。

スタジオに入ると、事務室にいたマコトさんに声をかける。今日は、自分からマコトさんの手を引いて一緒に部屋に入った。

　エレキギターを構える私を見て、ニヤリとするマコトさん。

「あさ、そういうことでしょ。Aフェスに――」

「出ますよ」

　ギュイーン、とギターを鳴らす。耳が汚れるような不協和音だった。チューニング、今日は時間かかるかな……。

「ギターの弾き語りソロで大丈夫？」

「いや……タニシュンのホルンとコラボしたいと思ってて」

　マコトさんは、怪訝そうにまゆをひそめた。

「そうなの？　タニシュンくん、吹部も出てあさとのコラボもするの？」

「あの人、吹部やめたんです」

　ますますわけがわからないというような顔になるマコトさん。私は、タニシュンと一緒に出ようと思うまでの流れをかいつまんで話した。マコトさんは、終始渋い顔をして聞いていた。

「ギターと歌とホルンだけだとちょっと物足りなければ、ドラムとかのサポート誰かにお願いしたいなと思ってました」

　でも、タニシュン、今日学校来なくて……。そう言おうとしたが、マコトさんが先に口を開いた。

「その、お父さんの形見ぶっ壊された自主研班の少年は大丈夫なの？」

「へっ？」

予想外の返しに、呆けた声が出る。私は、さっきの教室での関の姿をかき消し、無理やり事件のあとに呑気にママとカフェでケーキを食べていた姿を思い浮かべた。

「いやぁ、時計が壊れたこと自体はそんな気に病んでる風なかったけど。でも、タニシュンが一方的に悪者みたいになったのをクラスのみんなはすごい怒ってて、ちょっと……」

「ちょっと？」

「今日ちょっと……叩かれたりしてましたかね」

殴られていたとか、いじめられていたという言葉を使うのになんとなく抵抗があった。そんなに簡単に使う言葉じゃないもんね、と私の中の私が諭《さと》すように言ってくれる。だけど、マコトさんは持っていたギターを静かに床に置いた。

「そいつ、どんな顔してた」

スッと、胸が冷たくなる。関の、表情。頭に張りついている。山名に蹴り倒されたとき、腹を殴られたとき、罵倒されているとき、関の顔は苦痛に歪んでいた。

「……ちょっと口の中切ったりしてたみたくて、痛そうでした」

「死んじゃったらどうする」

トクッと、心臓が跳ねた。死ぬ？　関が？

「そいつ、死んじゃったらどうする」

自殺するってこと？　そんなわけ……だって、関には優しいママがいるし。

「辛いときってさ、勘違いしちゃうんだって。自分には誰も味方なんかいないって」

マコトさんの表情は、見たことがないくらい真剣だった。こわくなるほどに。

「あさは、どうしたい？」

「どうしたい、って……」

どうしたい……私は、どうしたいんだろう。

「しっかり考えてごらん。一番、後悔しない道を」

後悔しない道。考えてみれば、私の人生なんて後悔だらけだ。相手が生きていてくれさえすれば、取り返しのつかないことはそうそうない。でも、人には永遠の別れってものもあると、栄兄に嫌でも知らされてしまった。

思い返せば、栄兄にAフェスに誘われたとき、私は小学生にしてもひどすぎる対応をしたと思う。無理とか嫌とか言うだけで、どうして無理かとか、どんな風に嫌かとか、でも声をかけてくれてありがとうとか、きちんと伝えなかった。相手の目も見ていなかった。

中学校に入ってからだって、私はなにも変わることができていない。関に対して警戒心をむき出しにして話しかけて、今日だってかなみんの話も聞かず勝手に帰って。タニシュンにはカラオケで思っていることを全部伝えたつもりだけど、それでも、今日の朝伝えきっていないことに気づいた。

タニシュンが今どんな状態なのか、先生はちゃんと教えてくれなかった。本当は、ものすごく悪い状態なのかもしれない。こんなこと思い出したくないけれど、あいつはこじらせたら死んでしまうレベルの発作を何度か起こしている。

こうしているうちにも喘息がひどくなってたらどうしよう。もし、このまま死んじゃったら。

栄兄みたいに、二度と会えなくなったら。

「あさ……どうした」

気づいたら、握りしめた拳が震えていた。マコトさんの心配そうな声を聞きながら祈る。

タニシュン、お願い。いなくならないで――。

伝えたいことを全て伝えきったつもりでいたって、失うかもしれないと思えばこんなに不安で辛い。それなのに私は、かなみんとも関とも、向き合いもせず逃げるのか。

「私……」

マコトさんに向き直る。私は、その目を見て言った。

「私、ちゃんと、みんなと話したいです」

最後のほうは、消えかかって声になっていなかったかもしれない。それでもマコトさんは、私の頭にぽんと手を置いて撫でてくれた。

「応援してるからな。あさがすることは、全部応援してる。だって……」

マコトさんの言葉が、ぷつっと途切れる。いつかと同じだ。その視線は、私を通り過ぎ、ずっと遠くを見ている。

だって。その言葉の続きは、そりゃ気になった。でも、今は根掘り葉掘り聞くときじゃない――なんとなく、そんな気がした。

「ありがとうございます」

お礼を言うと、マコトさんはこくっと頷いてくれる。

もう、逃げたくない。逃げて、失いたくない。

右手の中のピックを強く握りしめた。

第三章　音で繋がる

翌朝、胸の中に色々なものを渦巻かせて教室に入った。昨日あんなことがあったのに、普段通り机に向き合っている関の姿を見て少し戸惑う。

それでも、タニシュンが教室に入ってきたとき、一瞬だけ心に抱えている荷物が全部滑り落ちた。

「タニシュン……」

思わず泣きそうな声で名前を呼ぶと、タニシュンはいつもみたいにくしゃっと笑ってくれた。

「大丈夫？」

「うん。ちょっと、苦しくなっちゃって……でも、平気！」

苦笑いしながら、胸をさするタニシュン。一日休んだくらいで、本当に平気なんだろうか。

「発作起こしたの？」

「久々だったからちょっとびっくりしたけど、そんなにひどいのじゃないよ」

「弘前、行けるの？」

「大丈夫だって、心配すんなぁ」

いつも通りの了どもっぽさ全開の笑顔。少しはホッとしたけど、もし自主研中になにかあったらちゃんとタニシュンのこと、助けられるんだろうか。

「そうだ、マコトさんに話した？　Aフェスのこと」

「話したよ。めっちゃいいじゃん！って言ってたよ」

ごめん、ウソ。別のことで話が埋もれて、あまり盛り上がらなかった。でも、なんでもいいんだ。タニシュンの元気な笑顔を見られるなら、もうなんでもいい。

「あさ、そんな顔すんなよぉ」

へ？

タニシュンの言葉がよくわからないけれど、顔の力を抜いてみて、初めて自分の表情がひどく歪んでいたことに気づいた。自分でもちょっと驚く私に、タニシュンは優しく言った。

「不安になんなくていいよ」

俺、めっちゃ元気だよ、と思いっきり笑ってくれる。その笑顔だけで涙腺がグッと押し上げられる。呼吸を整えて涙をこらえ、私も笑顔を返した。

よかった。すぐに元気になってくれて、本当によかった……。

「そういえば、自主研のことはなんか進展あった？」

「えっと……あ」

自分が今日の朝休みにしようとしていたことを思い出し、ハッとした。教室には
……いない。私はもう一度タニシュンの顔を見た。

「特に話し合いとかはなかったんだけど……あのさ、かなみん知らない？」

「多分トイレじゃね？　今日はどやどや集団で行ってる感じではないと思う」

「そっか……ありがと」

私の足は、見えない力に動かされているかのように廊下へと向かう。


学校の女子トイレの扉を小さく開くと、かなみんが鏡の前で髪をとかしていた。一瞬、そっと扉を閉めてしまう。ちゃんとかなみんと話すと決めていたのに、いざ目の前に現れると足がすくんでしまう。でも……もう、逃げたくない。

まずなにをしたらいいのか、昨日布団の中で必死に考えた。あてもなく悩んだんじゃなくて、頭で考えたのだ。天井で小さく光る蛍光灯の輪郭は、いつもよりはっきりして見えた。

まずは、長い間ずっとわだかまりが解けていなかったかなみんとちゃんと仲直りし

たいと思った。しなきゃいけない、と思った。

大きく息を吸い込んで扉を開き、かなみんと一個空けの鏡の前に立つ。

お互いがお互いの存在に気づいているのに、音のない時間が通り過ぎていく。

私は、かなみんに執着していたわけじゃない。ただ、誤魔化しようがないくらいずっとかなみんのことが好きなんだ。だから、どうかもう一度。もう一度だけ、繋がるチャンスをください。

しと、とどこかの蛇口から一滴しずくの落ちる音がした。ポケットの中のティッシュカバーを指先で撫でると、背中を押されるように声を発した。

「昔よく、一緒にAフェス行ったよね」

鏡の中の自分自身と向き合ったまま言う。かなみんの姿は横目にしか映らないけれど、少しびっくりしているように思えた。

「一緒に演奏したりもしたよね。栄兄と、夏南ちゃんと……私と」

喉にグッと力を込めていないと、声が震えそうだった。昨日あんな一方的に怒って帰って、「ごめん」よりも先にこんな言葉が出てくる自分が情けない。

でも、私とかなみんを一番結びつけているものは、あの頃一緒に音を楽しんでいた思い出だと思うから――。

かなみんはしばらく自分の心の中から声に出すべき言葉を探しているようだった。

永遠にも感じる数秒のあと、かなみんは可愛く笑って言った。

「ウチさぁ、ママに言わないでスタジオ行ってあさちゃんとエイトさんと遊んで、家族に大規模捜索されたことあったよね。ウチめっちゃ怒られて、エイトさんはめっちゃ謝ってて、あさちゃんがウチのこと庇ってくれてさ」

「え？」

思わずかなみんのほうに身体ごと向ける。そのときのことが頭に浮かんでいるのか、かなみんはいたずらっ子みたいににやにやしている。

「それは……覚えてなかった」

「ウソ！　結構大騒ぎだったのに」

きゃはっと嬉しそうに笑ってから、ふぅっと息を吐くかなみん。少し緊張した様子で言った。

「あさちゃん。ちょっとだけ、ウチの話聞いて」

かなみんと向き合ったまま、こくっと頷く。なにも口を挟まず、聞こうと思った。

「こないだのトイレでのあれだけど……聞かれてると思ってなかったんだけど……ウチは、あさちゃんのこともタニシュンのことも一回も悪く言ってないから」

「え……？」

私は、暗い個室の中で自分とタニシュンの悪口を聞き続けたときの惨《みじ》めさを思い出し、自然と少し俯く。

「確かに、他のみんなは好き放題言ってたけど……ウチはそんなこと思ってないし、言ってないし、むしろ胸糞悪いなぁって思いながら聞いてたの。でも、あの子たちになにも言い返さなかったことは本当に後悔してる。……ごめんね」

あ……と、思わず声を出す。たまたまあの会話をしていた集団の中にかなみんがいただけで、かなみんが悪口を言ったとは限らなかったのだ。確かかなみんが言ったのは、私とタニシュンは幼稚園時代仲良かったんだよって、それだけのこと。

「それからさ、班決めのときだってあさちゃんのことが嫌なわけじゃなくて……約束破られて、仲間外れにされたのが悔しかっただけなの。ウチ、すんごい嬉しかった。中学校に入って、またあさちゃんに会えて」

そうだったんだ……と、本当は納得してしまいたい。でも、どうしても浮かんでしまう。一年生のとき、他の女子たちと一緒に私のことを「いるだけで周りの空気も暗くなる」と言ったかなみんの姿が——。

「私、さ……」

触れるのが正解か、触れずに流すのが正解か、答えはわからない。学校の勉強とは違う。どこにも、答えはないんだ。

だけど、このままもやもやしたままじゃ絶対昔の私たちに戻れない。覚悟を決めて、言った。

「私、一年生のとき、夏南ちゃんが他の女の子たちと一緒に私の悪口言ってるのを聞いちゃったんだ。正直、それでずっともやもやしてた。だけど――」

かなみんの目は、泳いでいない。ちゃんと私を見ていた。

「もしかして、それも、私の勘違いだったのかなって今……思った」

実は、私の聞き間違えだったんじゃないか。私はずっと、ただの勘違いでかなみんを遠ざけていたんじゃないか。

だけど、かなみんは悲しそうに目を伏せた。

「ごめん……それはさ、言っちゃったと思う」

みぞおちのあたりがスッと冷たくなり、周りを漂う空気から酸素が逃げていく。なんで、どうして。問い詰める言葉が出てくるが、グッと飲み込む。

もう、不協和音を耳を塞いで遮断するだけじゃダメなんだ。同じ後悔を、繰り返すな。

かなみんから目をそらさず、次の言葉を待った。

「ウチ、小学校の頃、すっごいハブられてたの」

悲しげな声。なんとなく、想像がつく。幼稚園のときみたいに、誰の仲間にもなれなかったんだろう。

「KYって言われてさ。わかる？　『空気読めない』の略なんだって。かなみんがいると空気乱れるって、誰も仲間に入れてくれなくて。あさちゃんみたいに声かけてくれる子もいなかった」

かなみんはすぅっと息を吸った。

「だから、中学校に入って必死だったんだ。空気読めない子だと思われたくなくて、なんでもかんでも周りに合わせて、だからつい、そういうこと言っちゃったんだ」

一人女の子がトイレに入ってきて、一番目の個室に入った。申し訳ないけれど、その子の迷惑を考えている心の余裕がなかった。かなみんのことだけ、見ていた。

「あさちゃんのこと悪く言った瞬間のこと、今も覚えてる。言い終わったあと、なんかわかんないけど、『終わったな』って思った。ウチ、終わってんなって……黒いもわもわが、目の前に溢れてく感じだった。こないだ、音楽の授業でドラム、適当に叩いてるときも同じような気持ちだったよ」

私も……私もかなみんの言葉を聞いたとき、同じような感情に支配された。あのとき、私たちは同じ黒い霧の中にいたんだ。

「最初っから、ガラにもなく周りに合わせるのなんかやめたらよかったのにね。あさちゃん、ごめんね。あさちゃんは、ずっとウチにとって大事な友達だよ」

「夏南ちゃん……」

思わず、その名を呼んだ。でも、相手は首を振った。そして、口をへの字に歪ませた。

「それやめて。昔みたいに、かなみんって呼んでほしいじゃん」

かなみんの目のふちに涙がたまるのが見える。かなみん、と言うと嬉しそうに頬を緩めた。そして、言った。

「こないだみんなが女子トイレであさちゃんのことぐちぐち言い出したときね、自分でもびっくりするぐらいムカついちゃったの。頑張ってニコニコ『タニシュンとあさちゃんは仲良しだったんだよ～』って言ってみたけど、やっぱりムカついてたの。それから、ずっとあさちゃんのことばっかり考えてた」

そういえば……あの女子トイレでの出来事以来、やけにかなみんが優しくなったような気はしていた。

「あとさ、昨日関くんリンチに遭ったんだってね。そのとき、あさちゃんが庇ったんだって？」

私は曖昧に笑った。もう、そういう話も広まっちゃってるのか。

「関くん、あさちゃんに失礼な態度ばっかとってたじゃん。それなのに、すごいね。あさちゃんより優しい人見たことないよ」

かなみんがぎゅっと私に抱きついてきた。身長の低いかなみんのほっぺが、鎖骨に当たる。

「あさちゃん、大好き」

心が、洗い立てのタオルに包まれたように温かくなる。あさちゃん、大好き。幼稚園時代以来の、優しい響きだった。

そういえば、かなみんに「大好き」って言われたとき、私は今までなんと返事をしてきただろう。「ありがとう」ってお礼くらいは言っていたかもしれないけれど、私がかなみんのことをどう思っているか、ちゃんと言ったことがあるだろうか。

大事な人への大事な言葉は、言えるときにちゃんと言いたいな。

いつかのマコトさんの言葉を胸に、かなみんの耳にだけ届くように私は唇を動かした。

「わ、私も、かなみん、大好きだよ」

一瞬、私の身体からパッと離れるかなみん。キラキラした瞳で多分ちょっと赤くなっているであろう私を見上げ、えへへ、とくすぐったそうに笑った。

「……ほんと？　嬉しすぎっ」

もう一度私にくっつくかなみん。ダメ。可愛すぎる。昔みたいにかなみんの頭をぽんぽんと優しく叩きながら、今さらのように思う。

気持ちって、こんな風に伝えたらいいんだな――。

私からゆっくりと離れたあと、再び表情を曇らせるかなみん。

「……関くん、悪いとこいっぱいあるけどさ。でも……すっごく、心配なんだ」

すっごく、好きだから。

付け足すように言ったかなみんだけど、単に片思いの相手だから心配しているというわけではなさそうだった。家族のことを話すかのような真剣みがあった。

「実は、私も関のこと気になってた。

こくっと頷くかなみん。蛇口を見ながら言った。

「今のままじゃ関くんの味方、誰もいないじゃんね」

「でも……かなみんは、味方なんじゃないの」

かなみんは、うーん……と唇を尖らせると続けた。

「そうだけど、関くんの目に映ってないもん、ウチ。味方がいるかいないかじゃなくて、関くんが『自分には一人も味方がいない』って思ってることが問題じゃん」

「なるほど……」

本当に、ちゃんと考えてるんだな。確かに、その通りだ。

昨日、顔を歪め、床に倒れながら山名をにらみつけた関の姿が浮かぶ。苦いものが、口いっぱいに広がっていく。

あの目がにらんでいたのは、山名だけじゃない。その場にいた人全てを敵とみなす瞳だった。結局、私が帰ったあと関はどうなったんだろうか。

　死んじゃったらどうする。

　マコトさんの言葉が頭をよぎり、吐き気に襲われる。

「ウチ、関くんともっと打ち解けたいよ。でも多分、話しかけても『うっとうしいな』って態度とられるだけだし。どうしたらいいかわかんない……」

　はぁ……と、かなみんとは思えないくらい大きなため息をつく。正直、かなみんにとって関のなにがそんなに魅力的なのかはわからない。でも、理屈や言葉じゃなく魅せられてしまうものって、あるよね。私にとっては、それが音楽だった。

　音楽――フッと浮かんだのは、音楽の自由発表のときの関だ。ベースを、リズムに乗って弾いていた。一瞬だけ、その鉄仮面がはがれ、人間らしい顔をしたような気がした。関も、音楽が好きなんだろうか。だとしたら、グッと近づくきっかけになる糸が、お互いの心にあるんじゃないか。

「でも……きっと、仲良くなれるよ。仲良くなってみせる」

　自然と出た呟きだったが、かなみんは大きく頷いてくれた。

「どうにかタイミング見計らって、打ち解けないとダメだよね。せめて自主研の前に」

「うん！　だからさ、今度作戦立てようよ」

嬉しそうに言うかなみん。ぴょんぴょん跳ねちゃうところ、昔と一緒。

「関くんと仲良くなろう大作戦！　これで決まり！」

「なんか幼稚くさいなー、そのネーミング」

「えー、ひっどーい！」

二人で笑う。トイレから出たあとの廊下は、ちょっとまぶしいくらいの朝の光に溢れていた。


「タニシュン、だいじょーぶか」

かなみんと一緒に教室に戻ると、タニシュンがいつもの男子連中に囲まれていた。あんま騒ぐなよ恥ずかしい、とみんなを安心させるように笑うタニシュン。

タニシュンがいる前では、誰も関に攻撃しない。関も、ときどきちらちらと山名たちのほうを見つつも平静を装ってシャーペンを動かし続けていた。

仮初《かりそ》めの平和でも、とりあえずは穏やかなホームルームになるはずだった。でも、先生が入ってきたおよそ三十秒後、黒い服を着た女性が教室の正面ドアから入ってきたことで、状況は一変した。

みんな、なにが起きたかすぐには把握できなかった。

「村井先生、おはようございます。関慎二の母ですけれども」

先生は、一瞬ポカンとした顔をしたが、慌ててぐぃんと頭を下げた。

関ママ――。

「今日は、先生にお願いがあってまいりました」

関ママは口元ににこやかな笑みを浮かべていたが、目が全く笑っていない。

あれが関の親？　マジで、やべぇよモンぺじゃん。ひそひそと話すみんなの声は、幸いにも関ママには全く届いていないようだった。

「弘前市内自主研修の班のこと……私、慎二の親としてよく考えたんです。その結果、やはり班を変えていただきたい、という結論に至ったんです」

「あ、あのぉ……」

身体鍛えまくってるくせに、こういうときだけなよなよする村井先生にイラッとする。

「慎二に暴力を振るった加害者と班も同じだし、部屋も同室になるんでしょう？　このままの班だと、せっかくの宿泊学習なのに、ウチの子が悲しい思いだけして帰ってくることになるかもしれない。それは、親として許容できません」

関ママは、きっぱりと言った。

「もし加害者と同じ班になるなら、慎二は弘前に行かせません」

私は、思わず関を見た。斜め前の席だから頬のあたりしか見えないけれど、呆然としていることくらいはわかる。まったく、想定外のことなんだろう。

「あの、関くんのお母さん」

「なんでしょう？」

先生は、慎重に言葉を選んだ。

「お気持ちはわかるのですが、もう一週間後ですし……谷岡のことはしっかり指導して、あの、指導したので反省していると思いますし、他の子……鳴海さんや津田さんはとてもしっかりしていると思うので、あの――」

「班を変えてはいただけないということですか？」

とたんに、しどろもどろになる村井先生。まず、私やかなみんをしっかり者だと言った時点でウソつきだ。

「じゃあ、慎二に安心して弘前に行く権利はないんですか？」

「あの」

「息子の宿泊学習の機会を奪いたくはないので……慎二が加害者と一緒に行動しなきゃいけないいなら、私も弘前について行きます」

「ですから……」

どこかから、クスッと笑い声がした。それがきっかけみたいに、押し殺したような嘲笑がクラス中に充満していく。

関が、ぎぃ……と椅子を引いた。顔面蒼白で、ゾンビみたいにゆっくりと立ち上がる。みんなが一斉に関のほうを見た。誰もが固唾《かたず》を呑んで見ている。

関の口から、かすれた声が漏れた。

「俺……来ないでって言ったよね」

「え？」

関ママが、我に返ってこちらを見てくる。関は、もう一度言った。

「来ないでって……学校に怒鳴り込んだりしないでって、言ったよね」

声は、少し裏返っていた。関ママは、諭すような優しい笑顔で言う。

「でもね、慎ちゃん、私あのあとすごく考えて、やっぱりこういうことはきちんとしたほうがいいなって思って」

「あのぉ……お母さん、お話はあとでゆっくり聞きますから、その、今はホームルーム中でして」

顔色を窺うように言う先生を、関ママがギロッとにらみつけた。本当に、突然表情の変わる人だ。

「全体のために一人がないがしろにされていいの!?」

耳をつんざくような金切り声。タニシュンの横顔は、崩れそうなほどこわばっていた。手を握って、ひと言「大丈夫だよ」って言ってあげたい。

次の瞬間、ガン、と破壊音にも聞こえるような音が教室に弾けた。みんな、ビクッと肩を震わす。

「慎……ちゃん？」

関ママが、呆けたような声を出す。机にこぶしを振り下ろしたのだ、関が。

――マジで、いい加減にしろよクソババァ！

みんな、息をするのも忘れて関の顔を見た。関ママは、なにが起きたか理解できていないのか、ぽかんと開いた口からはなにも言葉が出てこない。

かなみんが、戸惑ったような声を出した。

「せ、関くん？」

関は、催眠術から解けたようにハッとして、なにを思ったか教室後方のドアを見た。そしてゆっくりとそちらのほうへ向かって歩くと、大きな音を立てて出ていった。

みんな、関ママでさえも、キツネにつままれたみたいな顔になる。私は、また、マコトさんの言葉を思い出した。

死んじゃったらどうする。

ようやく状況を察した関ママが、悲鳴のような声を上げながら廊下に出ようとした。

でも、それよりも一足早く教室の外に飛び出したのは私だった。前方二十メートルくらいのところを、関が早足で歩いている。向かおうとしているのは、一階？

「ねぇ、関くんちょっと待ってよ」

もちろん、振り向かない。無視して、そのまま歩き続ける。

「慎ちゃん！」

ギョッとして振り向く。関ママが、鬼の形相で追いかけてきたのだ。もう一度関のほうを見る。ヤツは急に速度を上げ、階段を駆け下りている。

「関くん！」

まるで私が関ママから逃げているみたいだけど、そんなこと気に留めている暇はない。慌てて、ますます小さくなった関の背中を追いかけた。ちょっとなによ、慎二のところ行かせなさいよ！　どうやら、誰かが関ママのことを引き留めているみたいだった。誰だかわからないけどナイス、と思いつつ走り続ける。

関は必死に逃げるけれど、普段運動しないせいかどんどんスピードが落ちていく。その背中が、徐々に大きくなってきた。

「関！」

関の荒い息遣いが近づいてくる。一階の玄関近くにある演劇部のボロ部室の前で、ついに私は関を捕まえた。私に袖を掴まれた関は、諦めたようにその場に膝をついた。

「もう、無理だって」

絞り出すような声。

「もう無理なんだってば」

激しく上下する関の肩。大丈夫？　と言おうとすると、関は私の存在ごと振り払うような声を出した。

「怖ぇよ。なんで追っかけんだよ」

だって、関が死のうとしてたらどうしようかと思ったんだもん――。

言えるわけない、そんなこと。私は、ちょっと身を隠さない？　とボロ部室を指さした。関は、ふるふると首を振る。

「だって、このまま教室に戻れるの？」

「……」

「隠れようよ。私も気まずくて戻れない」

鳴海なに正義ぶって追いかけてんだ？　とか、言われている可能性あるしさ。

関はしぶしぶ立ち上がり、一人でボロ部室に入っていった。入り、チラッと私のほうを見た。私はニッと笑い、関に続く。二人で、隅っこに体育座りした。

「昨日、ケガなかった？」

聞くと、関は少し目を泳がせてから小さく頷いた。多分、親には言ってないと思う。

もし関がママに昨日のことを話していたら、山名も佐々木も刺されていたはずだ。

「もう、気にしないでいいよ。タニシュンも、別に関のこと恨んでないし――」

「いいよ、そういうの」

ふてくされたように、私の言葉を遮る関。メガネを少し上げてから言った。

「俺のこと嫌いなくせに、慰めてくるのウザいよ。俺のこと嫌いでしょ」

冷たいはずの言葉のどこかに、祈りのような思いを感じ取った。そうは言っても君、実はそんなに俺のこと嫌ってないいんじゃないの。俺の味方なんじゃないの。昨日だって庇ってくれたし、今だって慰めてくれてるよね。頼むから、そんなことないって言って――。

「な、嫌いだろ俺のこと」

私は、コクッと頷いた。関の顔は、静電気が走ったみたいに少しだけ動いた。そして、「ふぅん」と鼻を鳴らすと見るに堪えないような卑屈な笑みを浮かべた。

傷つけてしまって申し訳ない気持ちはある。でも、ウソをついたり、うわべだけの慰めをかけたりしても、関とはわかり合える気がしないのだ。

思い浮かんだのは、またマコトさんの言葉だった。

相手が吸い込まれるくらい、自分から心の扉全開にしてみたらいいんだよ。

「あんた嫌なことばっかり言うから、正直嫌いだよ。でも……あんたに、興味はある」

は？　と眉間にしわを寄せる関。表情こそ険しいものの、初めて私の顔を見てくれた。私は身を乗り出すようにして続ける。

「関さ、すっごく上手にベース弾くでしょ。びっくりした。習ってるの？」

関の黒い瞳が、メガネの奥で少し揺れた。なにも答えず、唇をわずかに震わせている。その反応の意味を考えている余裕はなかった。

「私さ、音楽が……大好きなんだ。だから、その……それなりにいろんな音は聞いてきてるんだけどね。関の音、めちゃくちゃ優しかったんだ」

まとまりのない言葉が、ぽろぽろと出てくる。でも、必死だったんだ。

離しちゃダメだ。関の心を、今一瞬だって離しちゃダメ。

「正直普段のつんつんしてる関からは想像できない音だった。だから、気になってた」

関は、一度窓の外を見た。そして、細い声で言った。

「父親が……音楽好きで、ベース弾く人だったから。三個上の兄貴と俺に教えてくれてた。兄貴のほうがうまかったよ。あいつは俺とは似ても似つかない明るくて温厚な人だったし……どっちも死んだけどね」

「……え？」

一瞬、思考が停止する。動けない私に追い討ちをかけるように、関はもう一度言った。

「父親と兄貴を亡くしてんの、俺。小五のときに」

できるだけさりげなく言おうとしている雰囲気だけは伝わったけれど、言い終わったあとの顔には誤魔化せない暗い影が浮かんでいた。私は、ますます動けなくなる。

関がお父さんを亡くしていると知ったとき、耳がバグを起こしたように周りの音が大きく響いた。今は、耳鳴りがする。まさかお兄さんまで亡くしていたなんて……。

「俺みたいなのだけ生き残って、バカみたいだよな」

今にも夏の空気に溶けて消えてしまいそうな関を見れば、お父さんとお兄さんが関にとってどれだけ大事な存在だったかがわかる。

次の言葉が思い当たらず黙る私を見て、再び関の声が投げやりになった。

「もういいよ。わかんないだろ、俺の気持ちなんて。別にわかんなくてもいいけどさ」

図書室で話したときのような冷たい声色。でも、怒りは感じなかった。ただ、締めつけられるような悲しさを覚えた。関は、それ以上なにも言おうとしない。

家族を二人も亡くした関が、どんな思いで今日まで生きていたか、理解しきることなんてできない。

だけど……わかるよ。当たり前にそこにあったものがある日突然消えるこわさや、辛さ。

もう一歩だけ、歩み寄ってもいいかな。

「ねぇ、関」

返事はなかった。私は、深呼吸してから言った。

「実は……私も、すっごく身近だった人を亡くしてるの。小学六年生のときに」

「え……？」

関の瞳に、わずかに驚きの光が宿る。その光を逃さないように捕まえながら、私は続けた。

「母方の叔父なんだ。一応叔父だけど、親せきとか血の繋がりがどうたらとかそういうのは関係なく、自分にとって大きい存在だったなぁって思うんだ」

私とは似ても似つかないチャラ男だったけどね、と冗談交じりにつけ足したけれど、関は笑ってくれなかった。はぁ……と短く息を吐いて続ける。

嫌でも、あの日のことがよみがえってくる。

その日、私は朝から家にこもっていた。年に一度のAフェスだけど、栄兄に「なんだかんだ結局聴きに来てくれるんじゃん！」って思われるのがどうしても恥ずかしくて、留守番していた。だから、栄兄が病院に運ばれたと知るのが他の家族よりも遅れた。私がなんとなく昔栄兄と撮った写真を眺めている間、会場は栄兄が来ないと大騒ぎになっていたし、心配したおばあちゃんが会場を抜け出して様子を見に行っていたし、倒れている栄兄を発見して救急車を呼んでいたし、お母さんやマコトさんも慌てて駆けつけていた。

病院に着いてから、お葬式を迎えるまでの間の記憶はほとんどない。気づいたら、遺影の中の残酷なくらいまぶしい笑顔とただ向き合っていた。

栄兄は、歌うことも、ギターを弾くことも、ご飯を食べることも、冗談を言うことも、私の頭を撫でることも、チューニングを手伝うことも、もう二度とできなくなった。

「エイト……ごめん。ごめんな。エイト……っ」

葬儀が始まる前、見たことのない男の人が遺影の前で何度も謝りながら泣いていた。お母さんやおばあちゃんが、お互いの身体を支え、嗚咽を漏らしながら彼を見ている。

私は——私は、どうしていただろう。とにかく全ての光景が、画面越しに起きている出来事のように、非現実味を帯びて私を包み込んでいた。暗くて深い、線香の匂いがした。

「リュージくん、もう謝んないで。エイトは……エイトは、そんな……」

声にならない声で、男の人の背中をさするお母さん。彼は、謝るのをやめたかわりに、膝から崩れ落ちた。私は涙の一滴も流さないまま、ただ、叫び出したかった。

栄兄、なんで――。

「なぁ」

ハッとした。関の声で我に返る。その顔は、少し心配そうだった。

「大丈夫……？」

慌てて笑顔を作る。かなりぎこちないのを自覚したまま続ける。

「情けないいんだけどさ、私あいつが死んでから、もうどんな風に生きてけばいいのかわかんなくてさ。次の年中学生になったけど、入った部活はすぐやめちゃうし、なにも一生懸命になれないし。人の目ばっかり気になって、友達もうまく作れなくて、毎日『自分ダメ人間だな』って落ちこんでさ。支えを失うとさ……ちょっと、自暴自棄みたいにもなるよね」

自暴自棄、なんて少し言いすぎかもしれない。でも、なにがあっても私を肯定してくれる栄兄が死んでから、私はそれまでよりずっと「私」というものの輪郭を失った。周りの目が気になって、自分の好きなものさえ堂々と言えなくなった。

でも、関は違う。

「それなのに関は、悲しい中でも自分の目標に向かって毎日一生懸命勉強して。休み時間だって、勉強に充ててさ。それなのに、近くでなんにも考えてないようなヤツらがどんちゃん騒ぎして邪魔してきたら、嫌味の一つも言いたくなるよね」

血の通っていないロボットみたいなヤツ。そう思っていたから、関の気持ちなんて考えたこともなかった。でも、ちゃんと向き合おうとしてみればわかる。普段の関の冷たい言葉は、ただの意地悪じゃない。ずっと、孤独に闘ってるんだ。

関はしばらく黙ったけれど、小さく頷いてくれた。初めて、少しだけ関に受け入れられたような気がした。

関は、震える息を吐いてから口を開く。

「……俺も、半分自暴自棄みたいなもんだと思うけどね。夢中でなんかしてなきゃ気が狂いそうだから、ひたすら勉強するしかない」

廊下から、関と私の名を呼ぶ先生の声が聞こえる。お願いです、まだ見つけないで。

「あのさ。俺の母親、おかしいんだよ」

絞り出すような関の言葉に、私は黙って頷く。言っちまった、という感じだった。

これは、暴言じゃなく、多分本当のことなんだろう。

「もともと不安定なところがある人だったけど、あれ以来もっとおかしくなった」

関はふぅっと息を吐き、おろおろする私をよそにぽつりぽつりと話し始めたのだ。

「小五の夏、家族で川遊びに行ったんだ。俺はそんなに乗り気じゃなかったから、兄貴がはしゃいでるの、川原に座って眺めてた。そしたら――」

流されたんだそうだ、お兄さんが。

少し目を離したうちに、岩の上ですべって水の中に落ちたお兄さん。もがきながら流されていく身体をお父さんは必死に追いかけ、川に入り、そのまま水の中に消えていった。

わけもわからないまま二人を助けようと川に飛びこんでいこうとする関を、お母さんが羽交い締めにした。大丈夫。大丈夫だから、行かないで。

「父親は、見つかったときにはもう死んでた。兄貴は、見つかってからしばらく生死の境をさまよってたけど、助からなかった。医者は、助けてくれなかった」

グッと拳を握りしめる関。

怒りだったのだという、関を駆り立てたのは。お兄さんを助けてくれなかった医者への怒り。みんな、全力を尽くしてくれたと頭ではわかっている。それでも許せなかった。怒りの持っていき場が、そこしかなかった。そして、自分が医者になってお兄さんのような助かるかもしれない命を救いたいと思った。

ずっと言葉を交わしたかった関が目の前でこんなに真剣に話してくれているのに、私は耳を塞ぎたくなった。信じたくないんだ。私は、たった一人で助けを呼ぶこともできないまま力尽きた栄兄の姿を想像するだけで体が震える。目の前で大切な人の命が流されていくなんて、そんなひどいことがこの世で起こると思いたくない。

呼吸が浅くなってくる私とは対照的に、関は冷静なまま続けた。

「川に入ろうとした俺を止めた母親のこと、恨んでない。あのとき俺が川の中に入っていったって父親と兄貴が助かったわけじゃないし、俺も死んでたかもしれないし。母親がおかしくなる気持ちだってわかる。だって、もし俺までいなくなったら独りぼっちなんだよ。あいつの過保護のせいで腸《はらわた》煮えくり返るほどムカつくこともあるけど、俺にとってもあの人がたった一人の家族だし、大事にしたいなって気持ちもあって、全部はいはいって言うこと聞いてきた」

表情のない顔で、淡々と言う関。カフェにいたときの関は、いつもの鉄仮面みたいな顔と違って優しそうで、でもどこか無理しているようにも見えた。あの作り笑顔で壊れたお母さんを支え続けてきたんだろうか。今日まで一度も、爆発することなく。それなのに、お母さんのことでみんなにバカにされて、罵られた。

「本当に医者になれるかなんてわからない。学力面だけじゃなくて、お金の問題もあるし、実家を出て医大に行くことをあの母親が許すかどうか、とかね。でも……もう俺、医者目指すのをやめたら、その他のなにもかもを一緒にやめる気がするから……止まれない」

関は、ぼんやりと前を見ていた。メガネのフレームが被ってどんな目をしているのかはわからないけれど、うんと遠くを見ているような気がした。

「俺、毎日、大事に過ごしてるつもりだった。この性格だから学校じゃクラスメイトとあんまりうまくやれないし、母親は世話焼きすぎて口うるさいし……だけど、父親と兄貴と音楽をしてる時間だけは本当に幸せだったから、一分一秒も無駄にしないようにと思って過ごしてた。それでも死んじゃったら、心残りばっかり出てきて」

伝えたい言葉も、したかったことも、二人の姿と一緒に空に消えた。

「一分一秒を大事にしても、二度と会えないってわかったとたん、後悔ばっかりなのに。それなのに、明日があるのが当たり前みたいに、くだらないこととかちっちゃいことでぎゃあぎゃあ騒いでるヤツら見てるの、耐えられなくて」

そこまで言うと関は、はぁっと押し出すように息を吐いた。

ねぇ、マコトさん。歩み寄ってみて初めて、口癖みたいに「時間の無駄」って言う関の気持ちがわかったよ。

関は、私たちみたいに悩みや葛藤だらけの中学生なんだ。そして私やタニシュンとは違って、それを吐き出せる仲間がいないんだ。

だけど、これからは――。

「あのさ……こんなこと言っていいのかわかんねぇんだけどさ」

「なに？」

私は、身体をくいっと関のほうに向けた。関の声は、また絞り出すようなものに変わっていた。

「……俺さ」

頑張れ。言っちゃえ。

「もう、死にたい……かなぁ」

なにか重い言葉が来るんだろうな、となんとなくは予想していたけれど、本当に言われるとやっぱりガツンとくる。私は、動揺を隠して頷いた。

「自分が悪いってわかってるけど……あんなに嫌われて、みんなのこと不快にさせて、俺なんかいないほうがいいんじゃねぇかな」

声が、弱々しく震える。横顔に、薄暗い影が宿る。

「でも、こんなこと言い訳にしかならないけど……大事な人亡くしてさ、あんな不安定な母親のこと支えながらさ、必死に勉強もしながらさ、クラスメイトにまで愛想振りまけるほど、俺器用じゃねぇんだ」

そこまで言うと、関は思い出したようにみぞおちを押さえて顔をしかめた。昨日、山名に殴られたところだろうか。

「大丈夫？　痛い？」

「痛いよ……」

消え入りそうな声に、こっちまで痛くなってくる。

「痛いよ、お父さん……お兄ちゃん……っ」

関は、膝の間に顔をうずめた。私はこらえきれずに目頭を押さえる。

大嫌いだった関が、こんな重いものを抱えて生きていたなんて知らなかった。知ろうともしてこなかった。

ちょっとだけ顔を上げた関が、私のほうを見て小さな声で言った。

「……なんでそっちが泣いてんだよ」

「え?」

私は、関に充血した目を向けた。なんと答えたらいいのかわからなかったから、関の手を握ることにした。

「関、大丈夫だよ……」

こんなに追い詰められている人に対して死なないでとか、頑張れなんて言えない。だけどせめて伝わってほしかった。これからは、私、関の味方だよ。私だけじゃない。かなみんも、タニシュンも、きっと。

「一緒に、弘前行こう。関も、いてほしいよ」

関は浅く頷き、下を向いた。そして、小さく発する。

「……ごめんね」

私は、ずずっと鼻を啜《すす》った。なにが……？

「一生懸命計画書作ってくれたのに、ひどいこと言って、ごめん。ありがとう」

ますます熱い涙が溢れてきた。関は、本当はいいヤツだ。


一時間目の開始を告げるチャイムが鳴って、私たちはさすがに焦った。ちらほらとあちこちの教室から授業の声が聞こえ出し、「放送かけますか？」という先生たちの声も届いてくる。観念して出るか、と二人して立ち上がったとき、関がぶっきらぼうに言った。

「名前、なんて言うんだっけ」

「え？　なんの？」

関は、ばつが悪そうに私を指さした。マジかよこいつ、とちょっと思ったが、怒りよりもおかしさがこみ上げてきた。ククッと笑いながら私は言う。

「鳴海あさだよ」

「鳴海……」

知り立てほやほやの名前を口にすると、関は小さな声で言った。

「鳴海、昨日、ケガしなかった？」

「え……」

昨日、私が辞書を背に食らったことか。地味に痛かったけど、ケガなかったかって、こっちのセリフだ。私は全然、と笑顔で首を振った。関は、こくっとだけ頷いて前を見る。

「鳴海も、ギター弾いてたけど……あれは……なに？」

「なにって、なにさ」

思わず笑っちゃう。なんだよ、とでも言うように唇を尖らせる関。なんか可愛い。

「教えてくれたのは、さっき言った叔父だよ。一応青森県内で活動してるミュージシャンだったの。エイト、って名前で」

「えっ……!?」

今日一番の大声を上げ、目を見開く関。その瞬間、廊下にいた村井先生がボロ部室の戸を開けた。先生は安堵と疲労が混じった息を吐き、全身の力が抜けたように肩をだらんと落とした。

村井先生は、関を会議室に連れて行こうとした。多分、関ママが待機しているのだ。

「鳴海は、授業に戻りなさい」

先生はそう言って関と共に去ろうとしたけれど、思いきって言ってみた。

「関くんのお母さんのところに行くんですよね」

「えぇ!?」

「関くんのお母さん、私にも怒ってるかもしれない」

「そうだけど」

もうこれ以上なんだよ……とでも言いたげな情けない声を出す先生。

「だってほら、勝手に大事な息子さんを追っかけて一緒に隠れさせて。だから、ちょっと、謝ったほうがいいですよね」

「お前が関を隠れさせてたのかよ！　もう、なんでそんなことしたんだよぉ……」

はぁ……と海より深いため息をつき、先生は黙って会議室のほうへ歩いていった。

来るな、って言ってないよね。関と一緒に、私も続く。お節介かもだけど、なにかあったら私なら助け船を出せるかもしれないと思った。

会議室に入ると、関ママがわめき散らしていた。まさか誰もいない空間に向かって一人で怒っているわけじゃないよね、と思ったが、彼女は誰か特定の相手に向かって叫んでいるようだった。

「慎二になんの恨みがあんのよ！　あんたのせい、全部あんたのせいだから！」

ん？　と思ってガラス戸から中の様子を窺うと、あろうことか関ママの燃え滾る視線の先にはタニシュンがいた。慌てて中に入ろうとする私を、先生の細い声が引き留める。

「谷岡がよぉ……関のこと追っかけたお母さんのこと引き留めちまって」

「え！」

関ママを止めたのはタニシュンだったか。ファインプレーとしか言いようがない。

タニシュンと関ママを二人っきりにして放置した先生の気は知れないが。

中のタニシュンの様子を見ると平謝りではなかった。むしろ、眼光鋭く関ママのことをにらみ返している。まずい、本当に早くしないと。

私、先生、関の順に会議室に飛び込んだ。関ママはハッと目を見開き、関の姿を確認して目を潤ませた。

「慎二！」

駆け寄ってくる。

「無事でよかった……！　見つからなかったらどうしようかと思った！」

関ママは、関を抱きしめようと腕を伸ばしてきた。関は、小さく、でもはっきりとした声を出した。

「それ、やめて」

え、と表情をなくす関ママ。タニシュンは、黙って関を見ている。

関は、感情を押し殺した声で言った。

「俺、もう中二なんだ。そういうの、違うんだよ」

関ママの表情が、泣きそうに歪む。そして、声を震わせた。

「慎ちゃんは、何歳になっても可愛い私の――」

「わかってる」

遮った。

「わかってるけど、もう、そういうんじゃないんだ」

あくまで、冷静に冷静に言葉を紡ぐ関。こいつの、精いっぱいの優しさ。

「俺、絶対死なないから。お母さんのこと、一人にしないから。だから、もうちょっとだけ、自由にさせてほしいんだ」

それから……と関は一度俯いた。

「谷岡くんは……すごく、いい人だよ」

関ママは、タニシュンのほうに真っ赤な目をぎょろっと向けた。

「俺ほんとはクラスで嫌われてて……」

「どうして？　そんなはずないでしょ」

「最後まで聞いて！」

ハッとして口を閉じる関ママ。関は、再び声を柔らかくして言った。

「嫌われてるんだよ、俺。それなのに、谷岡だけはいっつも気ぃ遣って、仲良くしようとしてくれてたんだよ。自主研の班だってさ、俺が余りものみたいになってたのを谷岡が入れてくれたんだ。でも、本当にいい人だから……俺のこと嫌いなのに無理して優しくしてるんだろって卑屈になって、うまく話せなくて……」

　張りつめていたタニシュンの顔がふいに優しくなる。関、タニシュンの名前はちゃんと覚えてたんだな。

「谷岡が俺のこと押し倒したのは、俺がつい嫌なこと言っちゃったせいで……それなのにさ、言い訳もなにもしないで、そいつ、部活やめちゃったんだよ。全然悪くないのに、あんなに優しくしてくれてたのに、谷岡、俺のせいで追い詰められて、昨日とか学校来なかったんだ。俺……もう、これ以上、谷岡のこと苦しめたくないよ」

　ねぇ、と震える声で続ける関。関ママは、受け入れられないとでも言うように小さく首を振っている。

「谷岡に謝ろう」

　氷づけになったように動かない関ママ。タニシュンは、もういいから、とでも言うように首を振った。一切動かない関ママの代わりにタニシュンに歩み寄ったのは、関だった。

　関は、タニシュンの前に立つと、消え入るほどの声で言った。

「ごめん」

　さっき私にも謝ってはくれたけど……こんなにちゃんと心から人に謝ったの、生まれて初めてなのかもしれない。ぎこちなく頭を垂れ、もう一度言った。

「谷岡、ごめん……」

会議室の窓を叩くのは、小粒の雨だった。ぽろぽろと頼りなげな音がたつ。タニシュンは、しばらく黙って自分より十五センチくらい背の低い関を見下ろしていたけれど、急にグッと関と距離を詰め、手を伸ばした。そして、バクッと関の肩に腕を回した。

関と、肩を組んだんだ。

「関ってすげぇヤツだなぁって、ずっと思ってたんだ」

関ママも先生も私も、言葉を忘れたように二人を見ていた。

「周りに流されないで、いつも自分のペースで休み時間も一生懸命勉強して。余りものだから仲間に入れた、とかじゃねぇよ。すげぇなって思ってたから、本当に関と一緒に自主研してみたかったんだよ」

いつも自分のペースで一生懸命。タニシュン、どこかでホルンを吹く自分と関の姿を重ね合わせていたのかな。

「学校休んだの、別にお前のせいじゃねぇし」

ニヒッと微笑むタニシュン。

「一緒に弘前行こうな、関」

関は不規則な呼吸をしながら何度も頷いた。うっ、うっと嗚咽のような声が交じるのを聞いて、初めて関が泣いていることを理解した。

結局、二人ともずっとお互いに友達になりたかったんじゃん。先生は、ふぅ……と安心したような顔で二人を見ていた。

誰だって、辛い思いを抱えているよね。どんなに普通に見える人でも、自分が嫌いで嫌いで仕方ない人だって、なにからなにまで平気で生きているわけじゃない。だけど、それをきっかけに歩み寄れたり、繋がれたりもするから不思議なもんだ。

結局関ママがタニシュンになにか言葉をかけることはなかったけれど、それ以降彼女が暴れることはなかった。

＊

そろそろ本格的に曲のことを話し合わないとダメだ。昼休み、タニシュンと机をくっつけて楽譜を広げる。

「演奏する曲、私、ちょっと色々探してみたんだけどさ」

昨日の放課後一旦家に帰ってから、近所の本屋さんの楽譜コーナーを見て、思いきって買い、コピーした。一か月分のお小遣いが吹っ飛んだが、多少の犠牲はしょうがない。

「この曲、知ってる？」

タニシュンは楽譜を覗き込み、アーティスト名を見て「あっ！」と声を出した。

「これ……こないだあさが歌ってたのと同じバンドの？」

「そうそう……これが、ＨＩＤＡＭＡＲＩの代表曲って感じなんだけど」

毎朝聞いているルーティンソング、『朝の合図』。やっぱり頑張っている人への力強いエールになると思うし、なによりこの曲は管楽器が重要な役割を果たしている。昨日初めてバンド用の楽譜を見たら、ホルンのパートはなかったけれど、トランペット、トロンボーン、サックスと、吹奏楽でおなじみの楽器が使われているみたいだった。

「トランペット、トロンボーン、サックス……一般的なホーン隊だな。ちょっと、家帰ったら原曲聞いてみる」

タニシュンは、四時間目に渡った理科のプリントの余白に曲名をメモった。そういうことに使っていいのでしょうかねぇ？

「マコトさんと電話で少し話したんだけどさ、弘前行きが終わった週の土曜日、スタジオに集まらないかだって。曲、これでよければこれで行きたいかな……個人的な、希望で言うと」

「俺もこれがいい。まだ原曲聞いたことないけど、あさの音楽センス、最高だし」

タニシュンは、ちょっと照れたように言った。そんなこと言われたら、私も照れちゃうじゃないか。お互いにもじもじする私たちを、前の席のかなみんが振り返ってちょっと楽しそうに見ている。

意外と、あっさり決まっちゃったな。タニシュンはちょっと俺トイレ、と言って席を立った。タニシュンの背中を見送っていると、かなみんがくるりと振り返って言った。

「なんか楽しそうじゃん。なに喋ってたの？」

「うーんとね……」

Aフェスにタニシュンと一緒に出ることになるまでの流れを、噛み砕いて話す。かなみんは終始嬉しそうに頬杖をつきながら聞いていた。

「ふーん。いいなぁ……タニシュン。あさちゃんと一緒にステージ立てるなんて」

「なんでタニシュンのことうらやましがってんの」

嫉妬の対象になるとしたら、私のほうだろう。素人なのに吹奏楽部の元エースの音色の近くで歌えるんだから。

「なんかさぁ、タニシュンと一緒に喋ってるときのあさちゃん、他じゃ絶対にしないようないい笑顔するんだもん。さすがにヤキモチ焼いちゃう」

「え……そんな顔してるつもりは」

「つもりなくてもさぁ。自然とそうなっちゃってるもん」

かなみんが苦笑いしたのと同時に、嘲笑うみたいな男子の声が近づいてくる。はい、山名と佐々木。

「あっれー、関くんひょっとしてハブられてる？　鳴海、自主研の話するならちゃんと関も仲間に入れてあげろよ。まぁハブりたくなる気持ちもわかるけどさぁ」

ケラケラと笑う懲りない山名。佐々木は、その後ろでちょっと呆れたような顔をして黙っている。山名、私とタニシュンとかなみんが関を仲間外れにして自主研の話をしていると勘違いしてんのか。バカみたい。

関は、無視を決め込んだようにいつも通り問題を解いていた。山名が、ニヤニヤしながら詰め寄る。

「仲間外れとかよくないよねー？　ママにチクったほうがいいんじゃない？」

ママ、というワードに関の背中が少しだけ揺れたような気がした。おい無視すんなよ、と関の肩に手を伸ばす山名。今日こそは、と止めようとしたそのとき、あろうことかタニシュンが戻ってきた。山名と佐々木はハッとしてハンカチで手を拭くタニシュンのことを見た。

気持ちの悪い緊張がみぞおちの辺りを襲う。

関ママが学校に来た日、私は、タニシュンが学校を休んでいる間にあったことを全て話した。タニシュンは、何度もため息を吐きながら寂しそうに聞いていた。自分の退部に怒った山名が起こしたことだから、少し責任を感じたのかもしれない。また目の前で大ゲンカが起こったらどうしよう……。少しだけ、お腹の下辺りが痛くなってくる。

タニシュンは、山名と佐々木の顔を見ると一度深呼吸してから言った。

「……二人とも、こないだは心配かけてほんとにごめんな」

タニシュンの顔を見てかたまる二人。私もタニシュンの感情を読み切れず、少しこわかった。怒っているのか、呆れているのか……固唾を呑んで次の言葉を待つ。

勇気を出して見たタニシュンの顔は、笑っていた。

「もー、山ちゃんってばさぁ。すっごい怒ったって聞いたぞ?」

「当たり前だろ……だって」

口をもごもごさせる山名。

「だって……関とトラブらなきゃ、タニシュン、体調崩したりなんかしなかっただろ」

山名の拳が、グッと握られる。それを感じ取ってか関の表情が少し引きつったが、山名の目はタニシュンのことだけを見ていた。

「ほんとに大丈夫なんだよな。身体もだし、吹奏楽のことも――」

山名の顔を見て、タニシュンは少し表情を穏やかにする。そのまま、山名の大きな背中をバンと叩く。

「よーし！　お前が俺のことめっちゃくちゃ大好きなのはよくわかった！」

そのままバシバシと何度も叩く。キモい痛ぇやめろ、と顔をしかめてタニシュンの手を振り払おうとする山名。心底嫌そうな顔だったので、タニシュンはすぐやめる。もう一度山名の顔を見て、真剣に言った。

「でもやめよう、もう。ちゃんと、仲直りしたんだ俺ら。ちょっとお互いすれ違ってただけだし、別に俺が体調崩したのと関のことは関係ないよ。今でも一年に何回か調子悪くなるときあるんだけど、それがたまたまこないだだったってだけ」

山名は、ただ黙ってタニシュンのことを見つめている。にらんでいる、と言ったほうが正確かもしれないけど。だけど、タニシュンの優しい表情は揺らがない。

「関はいいヤツだよ。仲良くなってほしいなぁ」

きゅっと目を細めて笑うタニシュン。しばしの、沈黙があった。

「……なるわけねぇだろ、勝手にしろよ」

イラついたように言い、山名は回れ右をして去っていった。なぜだろう。どうにも、「悪者を退治したぜ、めでたしめでたし」みたいな気持ちにはなれない。

佐々木は、普段の彼からは想像できないような深いため息をついて頭を掻いた。申し訳なさそうに、こっちを見てくる。

「ごめんなタニシュン、迷惑かけて。関も、やりすぎたわこないだは。マジで悪かった」

ぽん、と関の肩を叩く佐々木。関はちょっとびっくりしたような顔をして一瞬佐々木の顔を見たあと、パッとそらす。タニシュンは嬉しそうに佐々木を見て言った。

「ううん。佐々木は、山ちゃんのことよろしく頼むな」

「うーん……難しいお年頃なんだよあいつ。ちょっと疲れた」

苦笑し、とぼとぼと自分の席に戻っていく佐々木。その後ろ姿を見届けると、タニシュンはニッと笑って関と目を合わせた。

「関さぁ、あさと俺がAフェスで演奏するの知ってる？　来てよ、ファンサするぞ！」

なんだよファンサって、とツッコもうとしたけれど、それより前に関がボソッと言った。

「ありがと……多分、行く」

びっくりしたように目を見開くタニシュン。その瞳が、陽の光を閉じ込めたようにキラキラ輝いていく。

「いっぱいファンサする！　ステージ上で『関！』って連呼する！」

「それは、やめて」

関が真顔で言うもんだから、タニシュンもかなみんも大笑いした。私も、遊園地に入った瞬間みたいな、キラキラした嬉しさを感じる。

色々あったけど、私たち四人はちゃんと一つになりました。

次の日、「ごめん、気持ち悪いかもしれないけど」と関がタニシュンに手紙を渡した。関ママから、タニシュンにあてた謝罪の手紙だったらしい。詳しい内容は聞かなかったけれど、えらい達筆で、最後には「慎二のこと、よろしくお願いします」とあったそうだ。よろしく頼まれます、と笑うタニシュンに、関はくすぐったそうな顔を向けていた。

＊

あっという間に、弘前市内自主研修の日がやって来た。時刻は午前十時半。赤屋根のレトロな旧市立図書館の前で記念写真を撮ったあと、学年主任のありがたいお話を聞く。

「ええ……今日はみんなの思いが空に通じたのか晴天でね」

額の汗を拭いながら言う学年主任。あの……晴天、どころじゃないんじゃないですか。

今日の弘前市は摂氏三十五度。断っておくが、ここは本州最北端の県だ。私たちを溶かす勢いでじゅわぁっと注ぐ太陽の熱。梅雨明けの日の光は暴力的なまでに眩《まばゆ》く、息をするたびに肺に熱気がなだれ込んでくる。この中一日中歩くとか、狂気の沙汰だろう。

話が終わると、私たちは担任に出発報告をして自主研を始める。私はガサゴソとカバンを漁《あさ》って計画書を取り出す。鼻かみティッシュみたいな状態で出てきたので、慌てでのばした。

「意外と、整理整頓できないんだよな、こう見えて」

タニシュンが、今さらながら言う。「あさちゃん結婚できないぞー」と余計なことを言うのはかなみんで、「別に丸まって入ってようが計画書としての機能が変わらなければいいではないか」等とごもっともなフォローをくれるのは関だ。

かつて我が北田中に、これだけ紆余曲折を経た弘前市内自主研修の班ってあるんだろうか。あんなにぶつかり合ってさらけ出してハチャメチャになったのに、雨が降れば本当に地面って固まるんだね。ちゃんと私たちの梅雨も明けてくれてよかった。暑すぎるけど。

私たちはまず、私の計画に従ってすぐそこの弘前公園へ向かった。全国屈指の桜の名所なので、本当であれば春に来たかったところだ。

でも、それよりも――。

「うー、あづいぃ！」

おっちゃんみたいに首にタオルを巻いたタニシュンが、顔をしかめて天を仰いだ。

「そんなことわかってるから。口に出すともっと暑くなるだろ」

そう言う関のメガネも、汗のせいでだらしなくずり下がってしまっている。

「あさちゃん、弘前公園って何時までいる予定なんだっけ？」

顔中に日焼け止めを塗りたくりながら聞いてくるかなみん。

「一応計画では……一時間くらい」

言って、時計を見る。まだ公園に入って五分しか経っていないなんて信じられない。

「無理だよぉ！　そんなにここにいたら溶けちゃうよぉ！　助けて関くんっ」

かなみんは叫んで関に身を寄せようとするが、華麗に避けられた。関って実際のとこ、かなみんのことどう思ってるんだろう。実は、まんざらでもなかったりするのかな？

どうでもいいことを考える私に、タニシュンが言う。

「あさ、ちょっと予定変えようぜ……。弘前公園出たら次、土手町に行く予定なんだっけ」

「そうだね、ここ出るのが十一時半の予定で、そのあと歩いてカフェに入ろうかと思ってた」

「もう、土手町行かねぇ？　早いとこ建物の中に入らないと、俺ら全員倒れちゃうよ」

私は、黙って頷く。正直、もうすでにちょっと頭痛がしている。私たちはとぼとぼ歩いて土手町へ向かった。誰も、かなみんでさえも言葉を発さない。変な体力を消耗しちゃいけないって、みんなの脳から命令が下っているのだ。

無言で歩き続けること約十分、深緑のアーケードがレトロな商店街に差しかかった。ここが、弘前市一の繁華街・土手町商店街だ。大型の百貨店や古きよき喫茶店、和菓子屋、お洒落な雑貨屋さんなどが並んでいる。そうは言っても田舎だから人通りはまばらだけど、そのゆったり感が街並みにぬくもりを与えるのだ。まぁ、今欲しいのはぬくもりよりも清涼感なんだけどね。

「なんか、疲れちゃった」

いざ目的のカフェの近くまで来たとき、かなみんが駄々っ子みたいに言って雑貨屋さんの前に座り込んでしまった。またそういうこと言って……と思ったが、関が表情に突然真剣みを宿らせたから、え？　と思った。

「ちょっと、顔見せて」

関は、しゃがんでかなみんと目線を合わせる。かなみんはうつろな表情に、一瞬驚きを走らせた。関は、至近距離でかなみんの顔をまじまじと観察し、言った。

「顔が火照《ほて》ってるね、だいぶ。軽めの熱中症かもしれない」

えっ、とタニシュンが声を上げる。顔が赤いのはあんたが見つめているせいもあるんじゃないかと思いつつ、心配になる。私もその場に膝をつき、かなみんの手を握った。かなみんはぐったりとしながらも、私の顔を見ていひっと笑って見せた。

「ウチ、死んじゃうかなぁ」

関は、顔をしかめてぴしゃりと言った。

「バカ言うな。水筒ある？　とりあえず飲んで。涼しいとこに移動するよ」

かなみんは少し驚いたがこくっと頷き、カバンから水筒を出して少し水を飲んだ。なんか、さすが医者志望。ドクター関って感じだ。かなみんはちょっとうるうるしながら言った。

「ありがとう、関くん」

「別に」

ぶっきらぼうに言う関。今日の「別に」はちょっと照れくさそうだ。

「あっちの百貨店までだと、ちょっと距離ありそうだなぁ」

タニシュンが、右方向を見て顔をしかめた。先生たちに電話したほうがいいかな？　と言おうとしたとき、黒エプロン姿の男の人が私たちを見て立ち止まった。

「あのぉ、君たち、大丈夫？」

なんだか、マスターって感じ。無精ひげがワイルドだけど、不思議と紳士っぽさがある。

「自主研中なんですけど、友達、具合悪くしちゃったみたいで」

私が言うと、やっぱりか、という感じで彼は頷く。膝を曲げて、かなみんの顔を見た。

「あと、三十秒だけ歩ける？　店から君らのこと見えて、ほっとけなくてさ。冷房効いてるから、ちょっと休んでいきな」

男の人が指さしたのは、車道を挟んで反対側の通りにある小さな喫茶店だった。存在にすら気づかなかったけれど……あそこの店の人なんだ。

私がかなみんの身体を支え、みんなで横断歩道を渡って店まで歩いた。看板には、「喫茶トーレ」とある。お店の人の見かけによらず、レトロな感じだ。

店の中に入ると、ぶわぁっと冷気が押し寄せてきた。急激な温度変化に、ちょっとクラッとくる。

「ごめんね、狭いところなんだけど、長い席に横になってもらってかまんないから」

「いや……そこまでじゃないから、大丈夫です」

「そう？　んじゃ、そっちの六人がけのテーブルに座って。広く使えばいい」

お言葉に甘えて、私たちは六人がけの一番大きなテーブルに着いた。ぼんやりと優しいオレンジ色の光が、木製の壁にしみ込んでいる。サイフォンっていうのかな、球体のガラスがついた器具がカウンターにずらっと並び、壁には藤田記念庭園やさっきの旧市立図書館など、弘前の名所が描かれた絵画がかかっていた。こんなに上品な雰囲気なのに、店奥にぽつんとファンキーな赤いエレキギターとベースが置いてあるのも、なんか面白い。

「平日だからねー、お客さん誰もいないしヒマしてたところなんだ。コーヒー、飲めないよねみんな。りんごジュース入れてあげる」

「いやっ、あの……すみません、あんまりお金持ってなくて」

私があわあわと言うと、マスターは豪快に笑った。

「サービスに決まっちゅうじゃなぁ。君ら、北田中だべ。その、赤ネクタイの制服」

こぽこぽとグラスにジュースを注ぎながら、なんだか嬉しそうに言うマスター。津軽弁で話されると、急に親近感が増す。

「俺もね、今は弘前住みだけど出身は青森市なの。高校で北田中――油川のあたりから来たヤツらとよくつるんでたから、なんか感慨深くてね」

この人が油川出身なわけじゃなくて、油川の人たちとつるんでたってことか。

マスターが出してくれたりんごジュースは、蜜入りりんごをまるごとかじったような自然な甘みとみずみずしさに溢れていた。飲み終わる頃には、かなみんもだいぶ元気を取り戻していた。

「あー、すんごい美味しかった！」

時計を見ると、十一時半だった。まずいなぁ。計画上あまり長居はできないぞ。

「あの、今日は助けてくれてありがとうございました。ごちそうさまでした」

マスターはふんふんと鼻歌を歌いながら棚の整理をしている。まったく、気づかれていないし。私がもう一度言おうとしたとき、マスターがパッと振り返って私たちを見た。

「みんなさ、Aフェスって知ってる……よね？　油川住みだもんね」

いささか驚く。まさか、ここでAフェスの話題が出るなんて。

「知ってますよ。みんな、油川生まれ油川育ちだから」

「そっか。……今年もAフェス、やるんだべか」

大きく頷くと、マスターはなぜかちょっとホッとしたような顔になった。タニシュンが、嬉しそうに言った。

「俺、あさ――こいつと一緒に出る予定なんです！」

「そうなんです。……私がギターボーカルで、タニシュンがホルンで。不思議な組み合わせですよね」

ちょっと目を丸くするマスター。どうしよう、聞きに行くよとか言われたら。少々プレッシャーだな。

だけど、マスターの視線は私たちをすり抜けていた。少し寂しそうな表情が気にかかる。

「そっか……。オレ実はベース弾くんだよね。それで、高校のとき仲間と一緒に出てたから、懐かしくて。まだまだずっと続いてくれそうだから、よかった」

高校時代の仲間、か。本当に、関わってきた人それぞれに色々な思い出を残しているんだな、あのイベントは。

もう、Aフェスと聞いたからって胸が痛むようなことはなくなった。でも、聞けばやっぱり栄兄のことを思い出すし、栄兄の話になれば自然とAフェスの風景が頭に浮かぶ。ゆったりと流れる夏の午後に、栄兄の笑顔が花火みたいに打ち上がって、歌声が響いて、みんなの顔が自然とほころぶ。顔とか仕草とか、栄兄を作る欠片《かけら》は色々あるのに、思い出そうとして真っ先に浮かぶのは、市民センターの体育館いっぱいに響き渡るハスキーな声だ。

私は、自然と口にしていた。

「私も……もともと叔父が、Aフェス大好きだったんです。もう、死んじゃったけど」

　ちょっとだけ表情を歪めるマスター。少し俯いて言った。

「そうなんだ。叔父さんが……。あささんの叔父さんも、音楽が好きなの？」

「そうなんですよね……実はちょっとしたミュージシャンっていうか……県内で音楽活動してる人だったんですけど、『エイト』って聞いたことないですか？」

　別に知っていなくてもなんらダメージはないけれど、地道な活動の成果があってか、亡くなる一年前には栄兄はかなり有名になっていた。かなりと言っても、「青森県内でエイトの名前を全く知らない人のほうが少数派」という程度だけど。だから、亡くなったときは青森県全体にそれなりの衝撃が走ったし、栄兄がよく出ていた番組では今までの場面を振り返る特集なんかも組んでくれていた。もしかしたら、マスターもぴんとくるかもしれない。

　だけど、彼の表情は「ぴんときた」なんてものじゃなかった。

　彼の周りに流れる時間だけが凍りついてしまったように動かないマスター。唇を震わせながら、私の身体ごと吸い込んでしまいそうなほどじっとこちらを見つめてくる。

「エイト、って、磯田栄人のこと？」

「え……」

栄兄は、フルネームまでは明かさずに活動していたはずだ。どうして、苗字まで知ってるの。

「君は……」

明らかに声色が変わったマスターが、私の目を見た。そして、少しおびえるように聞いてくる。

「エイト……君は、エイトの姪っ子？」

私はちょっとこわくなって、控えめにこくっと頷いた。マスターの目が、少しずつ見開かれていく。

「そうだ、お葬式のとき――」

お葬式？

走馬灯をフル回転させて記憶をたどる。栄兄のお葬式。まぶたの裏に飛び込んできたのは、思い出したくもないあの日の光景だった。遺影の笑顔、線香の香り、か細く響く嗚咽。

ハッとした。そして、涙を流しながら何度も謝る男の人。気づいたら、マスターの目を見て言っていた。

「リュージさん……？」

声に出したとき、今目の前にいるマスターと、遺影の前で膝を折る男の人の姿がはっきりと重なる。

名前を呼ばれたマスター――リュージさんは、独り言のように言った。

「俺は……エイトのバンド仲間で」

そこまで言って、リュージさんは言葉を詰まらせた。そして、すたすたと厨房に戻って大きく息を吐く。え、なになにどういうこと！　とかなみんが耳元で聞いてくるけれど、私だって状況を把握しきれているわけじゃない。それはおそらく、あの人も一緒だ。

リュージさんは、棚から食パンを取るとしばらく黙り、そして言った。

「君らってどこに向かって歩いてたんだ？」

「あ……えっと、暑いので、お昼ご飯食べちゃおうかなって。一応もうちょっと先のカフェに行く予定ではあったんですけど――」

「ここで食べていくのは、どう？」

そう言うリュージさんは、もうすでに袋からパンを取り出し、まな板の上に上げていた。

「俺、世界一美味しいホットサンド作れるんだ。お代も要らない。少しだけ……もう少しだけ、みんなと話がしたい」

私は、迫力に押されてこくっと頷いた。みんなの顔を見るけれど、異論のある者はいなそう。突如漂う緊張感に、私たちはまた無言になっていた。

しばらくして、チン！　とオーブンが軽やかな音を立てた。こんがりと焼けたパンの匂いが漂う。

「ハムチーズのと、卵の。一人それぞれ一個ずつね、とりあえず」

リュージさんが、大皿にキツネ色のホットサンドを載っけて、出してくれた。卵のを取って、サクッとかじる。優しい風味が鼻から抜けて、お腹がぐぅっと鳴った。

「すっげぇ美味しい……」

もぐもぐしながら、美味しすぎて涙目になっているタニシュン。かなみんも関も顔をほころばせている。

リュージさんは、近くのカウンター席に座って、しばらくパンにがっつく私たちを見つめていた。一番早食いのタニシュンが皿を空けたのを見届けると、遠い目をして言った。

「エイトはさ、高校時代親友だったんだ」

みんなは目を見開いたけれど、私はこくりと頷いた。

「こんなこと姪っ子さんに言うのもあれだけど……エイト、結構ひどいいじめに遭ってたんだ。ルックスがいいし目立つヤツだったから、そのせいで上級生に目をつけられたりしてね。俺たち席が隣同士だったんだけど……あいつが、ノートに『死にたい』って書いてるの見ちまって」

今度は、誰よりも私が目を見開いた。

死にたい。栄兄が？　この世の憂いをなにも知らない少年みたいな笑顔が頭をよぎり、心拍数が上がる。

「俺……スルーできなかったんだよ。それまでそんなに仲良いわけじゃなかったけど、毎日隣のヤツが辛そうな顔してるとさ、こっちも気が滅入《めい》るんだよ。それで俺が、軽音部に誘ったんだ。音楽って、人の心をあっためるから」

私は、頷く。嫌なことがあったとき、幾度となく歌うことで救われてきた。栄兄も、そうだったの？

「俺ベースの担当で、ちょうどそのときエレキギターの担当探してたから。あいつは『弾けねぇじゃよ、そったの』って言ったけど、わかるまで教えるからついてこいっつってな。それで、一緒に練習してたら……なんか、ものすごい気が合って。あいつ信じられねぇくらい歌もうまくて、それまで音響だけのバンド組んでたけどエイトがボーカルになってさ。最初は俺があいつのこと元気づけようとしてたのに、俺のほうが楽しくなってきた」

そこから、栄兄とリュージさんは親友になったんだという。二人での楽しかった思い出をリュージさんは懐かし気に語ったけれど、私は栄兄がいじめられていたという話で頭をいっぱいにしていた。

「バンドみんなでしょっちゅう言ってたよ。みんなで全国区になって、ロッケンロールぶちかまそうなって。それで、Aフェスにも出始めてな。だけど……なぜか、途中でエイトだけが全国目指すのを、しぶり始めた」

「え……」

思わず声が出る。知らなかった、栄兄が最初全国区になろうとしていたなんて。最初から青森県だけで活動しようとしていたのかと思ったのに、途中で気持ちが変わったの？

一体、なにがあったのか。

「今冷静に考えればわかる……わかるっていうか、エイトの思いを理解しようとちょっとは努力したと思うんだ。でも、俺、混乱して、理由も聞かないで怒って……大ゲンカになった。もう二度とお前とは関わらないって宣言して、それ以来ひと言も口利いてない」

それも、知らない。

……私、栄兄のことなんにも知らないじゃん。

「バンドは解散して。俺とドラムのヤツだけメジャーデビュー目指して東京に出て、それっきりかな」

わ！　とかなみんが大声を上げたのと同時に、彼女の手から水のグラスが滑り落ちた。透明のガラスが氷と共にがしゃぁんと床で砕け、激しく散る。

「ぎゃあ、ごめんなさい！」

「ケガしなかった!?　全然気にしないで、ぶっちゃけそれ百均だから」

リュージさんは安心させるような笑みを浮かべながら、店奥からちりとりとほうきを持ってくると、ガラスを片付け始めた。ちりとりの上でちらちらと光るガラスの破片を見つめながら言う。

「神様ってさ、いないよきっと。あんな大事だった友達と、もう二度と元通りになれないんだもん」

「仲直り、できてないんですか……？」

タニシュンが聞くと、リュージさんは寂し気に続けた。

「うん……結局東京で組んだバンドは全然ダメで、こうやって青森に戻ってきて喫茶店やってるんだけどね。戻ってきた年、ちゃんとAフェスでエイトに会おうと思ってたんだ。謝って、ちゃんと話をして、仲直りしたかった。だけど……その日、あいつは……」

言葉を詰まらせるリュージさん。

「生きてるエイトには、会えなかった。毎日、あんなに一緒にいたのにな。ひどいよなぁ、もう……」

えへへ、と無理に笑って鼻を啜るリュージさん。誰もなにも言えないし、胸がいっぱいでホットサンドはもう入りそうにない。

泣きながら何度もエイトの名前を呼んでいたリュージさん。お前の話も聞かずに、ひどいこと言ってごめん。生きているうちに謝れなくて、ごめん。あのときリュージさんがどんな思いで栄兄の名前を呼んでいたのか考えたら、鼻の奥が痛い。

リュージさんは一つ息をつくと、私の顔を見た。

「あささんも、ギター弾けるんだべ」

こく、と頷く。リュージさんは壁に立てかけられた赤いエレキギターを手に取ると、我が子みたいに大切そうに抱えて持ってきた。

「これ、エイトが高校のとき使ってたギター。エイトのお姉さん……もしかして、あささんのお母さんかな。が、譲ってくれた」

栄兄が、高校のときに使っていたギター……。

少し、見覚えがある。私が最初にAフェスを見に行ったとき、栄兄はまだ高校生だった。確かに、赤いエレキギターを使っていた。あのステージにマコトさんもリュージさんもいたんだと思うと、感慨深いものがある。

リュージさんは、神様からの贈り物みたいに、大切に、大切にそれを私の腕に抱えさせようとする。潤んだままの目で、静かに言った。

「触って。エイト、きっとあささんに弾いてもらえるの、喜ぶと思う」

なにも言わず、受け取った。肌に触れるギターはひんやりとしていたけれど、心の内側は徐々に温まっていく。私は、一度ギターを強く抱きしめ、リュージさんの顔を見た。

「歌っても、いいですか」

リュージさんは、一瞬沈黙したあとで大きく頷いた。そして、「お願いします」と私に向かって頭を下げる。

歌っても、いいですか。ほとんど勢いのままに発した言葉に、かなみんと関は少し驚いた顔をする。二人は私の歌、聞いたことなかったもんね。静かに深呼吸して、心の中を整える。

音楽の授業のときは、歌えなかった。クラスメイトの目を気にして、仕方なくギターの弦をはじくだけだった。今だって不安はある。私の歌声に、栄兄のそれと同じようなパワーがある気がしないからだ。

自分なんかなんにも取り柄がない。そういう思いに囚われてきたからこそ、誰かの救いになる瞬間は私自身も救われる。私の歌声を聴いてタニシュンが流した温かい涙は、私の心の氷をも溶かしてくれた。私に少しでも音楽の才が与えられているのなら、紛れもない私自身の声で、あんな風に聴いてくれた人みんなの体温に触れたい。触れられないと、意味がない。だけど、聴いてくれた全員の心をあったためる力が、自分の歌声にあるとはまだ思えないんだ。

でも……今ここにいるメンバーの前でなら歌ってみたい。聴いたらどんな反応をするだろうとか、感動してくれるかなとか、そういうのを全部一旦忘れた上で全てをさらけ出してみたいと思える。栄兄にとって、マコトさんやリュージさんはそういう存在だったのかもしれない。

リュージさんが、アンプ等々必要なものを全部出してくれた。受け取ったクリップチューナーを、ヘッドに取りつける。普段使っているものと同じ、液晶の色が赤から緑に変わるタイプのものだった。

最初弦をはじいたとき、チューナーは真っ赤に光った。自然と、聞いていた。

「リュージさん。このギターを譲り受けてから、弾いたことありますか？」

「いや……弾いてない。エイトが大事にしてたものだから、ただ、飾ってる」

「……」

じゃあ、このギターを最後に鳴らしたのは栄兄なんだ――。

エレキギターの響き以外なにも音のない空間で、私はペグを回した。赤かった液晶が、少しずつ緑色にふれるようになる。なんだか、時を超えて栄兄と会話しているような気持ちになった。

栄兄、怒ってない？　栄兄が弾いたあとのギターの音勝手に調整して。でも、褒めてよ。私、ちゃんと自分で上手にチューニングできるようになったよ。本当はたまに甘えたくなるけど、でも、もう一人でも大丈夫なんだよ。Ａフェスにも出るよ。栄兄の大好きな、タニシュンと一緒に。

見ててくれるかな。私、歌うよ。

「あさ……大丈夫？」

タニシュンの心配そうな声が、パッと耳に入る。気づいたら、頰を涙が滑り落ちていた。右の手の甲で頰を拭い、前を見る。

目を閉じて、息を吸い込む。恥ずかしさも、ためらいもなく、私はギターを鳴らし、声を響かせた。

閉じ込めていた記憶が、歌声と共に溢れてくる。栄兄と一緒に歌った週末の煌めき。栄兄の耳元でこしょこしょと話した悲しいこと。私の頭を優しく撫でてくれた大きな手。夏終盤の夕方、窓から入り込んできた涼やかな風が吹きまわるステージで、お客さんたちの笑顔と向き合うきれいな横顔——。

私は、栄兄のなにを恥じていたんだろう。

歌い終わったあと、私はしばらく放心状態だった。我に返ったときに目に映ったのは、目を潤ませる三人と、唇を嚙んで嗚咽を漏らすリュージさんの姿だった。

「歌い方……エイトに、そっくりで……」

最後のほうは、声になっていなかった。顔を押さえた指の間から、涙が漏れ出している。

「歌い方が似てるって、マコトさんにも、言われました」

リュージさんは、顔から手を外し、真っ赤な目を向けてきた。

「マコトとも、交流があるの？」

私は、マコトさんが今油川の音楽スタジオの管理人をしていることや、今の交流について簡単に話した。リュージさんは、「そっか……」と鼻を啜りながら言った。

「実は、マコトともケンカになっちゃって、今も音信不通なんだ。マコト、なにがなんでもエイトのことを庇ったたから。……俺、あの一件で大事な友達を何人失ったんだろ」

失った、という言葉が少し引っかかる。栄兄とは、どんなに願ったってもう話せない。でも、マコトさんは違う。

「マコトさんとは、今からでも……」

生きているマコトさんとは、会える。話せる、何回でも。まだ、やり直せるよ。

だけど、リュージさんの切なげな表情は変わらなかった。無理に笑顔を作って、言う。

「……そうだね。いずれは、マコトと仲直りしたいね」

いずれなんて言ってたら、一生仲直りなんてできないじゃないですか。そんな言葉が浮かんできたけれど、それ以上言葉を重ねる勇気はなかった。

十二時半頃私たちは店を出ることになった。レジのところでお財布を取り出してみるけれど、首を横に振られてしまった。

「素敵な歌声、聞かせてくれてありがとうね」

リュージさんは、どこか寂しげに笑った。こちらこそ、栄兄を助けてくれてありがとうございましたと言いたかったけれど、喉の奥が詰まって声にならなかった。

店から出た瞬間熱風に包まれたが、お昼ご飯のあと行く予定だった最勝院五重塔付近まで向かうバスが数メートル先に止まったので、ダッシュで乗り込んでどうにか涼を得た。

そのあとは大きなハプニングもなく、ときどき笑ったりちょっと文句を言ったりしつつも、無事スタート地点まで戻ってきた。

集合時間の二時間前に。

「もう暑すぎるー、死ぬぅ」

旧市立図書館の隣にある観光館のベンチに、崩れるように座り込む私たち。もう、ちらほらと戻ってきている子たちもいた。お前ら戻ってくるの早すぎだろー、とぶつぶつ言う先生たちの声も聞こえるが、無視だ。先生、一日中冷房の効いたところにいたから私たちの大変さがわかんないんだろう。

誰もしばらくなにも言わなかった。沈黙を破ったのは、意外にも関だった。

「鳴海……あのさ」

「私？」

少し驚いて関の顔を見ると、「う、うん」とちょっと慌てたように頷いてから続けた。

「俺、ずっと黙ってたんだけど……エイトさんのこと、知ってる」

「……え！」

私だけじゃない。タニシュンも、かなみんも、ギョッとして関の顔を見た。

「というか、俺、エイトさんのファン」

「は!?」

ウソでしょ。関が、栄兄のファン……？　全く繋がらない。

でも、記憶をたどってみれば確かに、「エイト」というミュージシャンが私の叔父だと初めて打ち明けたとき、関はものすごくびっくりした顔をした。栄兄のことを知っていなきゃ、あんなリアクションにはならないだろう。

関の次の言葉を待ったけれど、今の告白に結構な気力を使ったらしく、少し顔を赤くしたまま黙り込んでしまった。私は、なるだけ優しく聞いた。

「関、栄兄……エイトのこと、どういうきっかけで好きになったの？」

「実は俺の兄貴も、エイトさんのファンで……二人で追っかけてた。もともとは曲が好きだったけど、自然体で飾ったところがないのになぜかいつもキラキラしてて、カッコよくて、気づいたらエイトさん自体も好きになっていったっていうか。でも、なんか好きすぎて全然近づけなくて。結構身近にいるはずなのにいつも遠くから見てるだけだった」

好きすぎて近づけない。栄兄が、誰かにとってそんな大きな存在だったのだと思うと、ちょっと不思議な感じがする。今までの人生で私の身近にいたのは、みんな栄兄と繋がっている人ばかりだったから。

「だけど、一緒にAフェスに行く家族がいなくなったから……その年のAフェスは一人で行った。エイトさんのステージのあと初めて勇気出して話しかけたんだよね」

栄兄は、楽屋の前まで追いかけて急に声をかけてきた関に優しい笑顔を向け、しゃがんで目線を合わせて話を聞いてくれたという。ボロボロ泣いてはっきり言葉を発することもできなくなった関を、最後はなにも言わずに抱きしめた。

そして、関を楽屋に入れ、関が一番好きな曲を弾き語った。たった、一人だけのためのアンコールだった。

最後、栄兄は関に言った。

どんなに辛くても、この世界から音楽だけは鳴りやまない。わぁは、わぁの曲を救いにしてくれるお前のことが大好きだ。お前が生きている限り、ずっとわぁの音楽はお前と共にある。焦らなくてもいいから、少しずつ前を向け。

「エイトさんが亡くなったってニュースで見たときは、さすがに心折れたよ。でも、ずっと音楽だけは聴き続けたし、ベースも弾き続けた。で、今こうやって……その……お、お前らと」

「俺たちと出会えたから、よかったたって？」

ニッと笑って言うタニシュン。関は、顔を赤くしながらも「ま、まぁ……」と小さく頷く。かなみんは目をうるうるキラキラさせて関の横顔を見た。そして、私に視線を移すと嬉しそうに言った。

「ウチも、エイトさんのことめっちゃくちゃカッコいいと思ってた」

「そうなの？」

「うん。周りの目なんか気にしねえ、を体現したような人だったじゃん。小学校であさちゃんと離れちゃったけど、エイトさんのことはずっとテレビで見てたよ。たまにはライブにも行ったし」

びっくりした。そうだったんだ。じゃあ、かなみんと離れ離れだと思ってた小学校時代も、知らないうちに同じ歌声を聴いていたんだ。見えない糸で、繋がっていたんだな。

「エイトさんがいたから、周りに合わせてばっかの自分に危機感を覚えられたってい うか。このままじゃダメだな、って心のどこかでずっと思ってたから、こうやってあさちゃんと仲直りできたし」

「え、やっぱお前らケンカしてたの？」

ギョッとするタニシュン。うるさいなあ、と返しつつ笑みが溢れた。タニシュンと、かなみんと、関と一緒にいる今が、とてつもなく幸せだった。

「にしてもな。みんな、知らないところでおんなじ人と繋がってたなんてな」

しみじみと言うタニシュン。そうだ。こうして音楽で繋がったみんなの心の中に栄兄がいて、栄兄を形作ったものは音楽で。

次々と栄兄の新しい姿を知っていくけれど、栄兄が私のことをどう思っていたのかは知る術がない。

でも、きっと音楽に結ばれた私たちを祝福してくれてるよね。ちゃんと、見ていてくれてるよね。

私は、自然と口にしていた。

「ねぇ……バンド、組もうよ。四人で」

えっ、と声を上げる三人。構わず、続ける。

「かなみん、ドラム叩けるでしょ。関もベース弾けるし」

今さらのように、音楽の木村先生の言葉を思い出す。今日で終わらすのはもったいないくらいのチーム。下手くそな私たちをフォローするための選ばれし言葉が、今この瞬間意味を宿した。

「音楽の授業のときはガタガタだったけど、今ならちゃんと一つの曲、みんなでできるよ」

あのときは、お互いの音なんてどうでもよかった。適当に弦をはじき、やり過ごせればよかった。だけど、今は違う。

「あのときは私もギター弾くだけだったけど、みんなの楽器にちゃんと自分の声も乗せてみたい」

みんなと、心を一つになにかを作り上げたいんだ。

しばしの沈黙のあと、かなみんが輝く声を出した。

「ほんとにいいの!?　ウチ、Aフェス出たい！」

関は、ちょっと自信なげにもごもごと言う。

「人前で弾いたことないから迷惑かけるかもしれないけど……谷岡もそれでいいなら」

「いいに決まってんだろ！　ベース欲しいっ！」

食い気味に言い、関に飛びつかんばかりの勢いで迫るタニシュン。わかった近い近い近い、とタニシュンを押しのけつつ、関の表情は柔らかかった。

タニシュンが突然冷静な顔になり、丸い瞳でこちらを見て言う。

「これさぁ……バンドできちゃったってこと？」

「そ……そういうことになるね」

しばらく、沈黙が続いた。そして――。

「うおっしゃあああああああっ！」

観光館に響き渡るタニシュンの声。驚いてみんながこっちを見るのと同時に、タニシュンが飛び跳ねながらガシッと私の両手を掴んできた。

「あさぁ、すげぇよー！　泣いちゃうよーっ！」

「ちょっ、落ち着け落ち着け落ち着け！」

慌てる私の手をぶんぶんと振り回し、勢い余って関の背中に飛びつく。かなみんも、ぴょんぴょん跳ねながら私に抱きついてきた。

「ちょ！　みんな……もう……」

声が詰まった。じゅわっ、と涙がにじんでくる。

どうしよう。バンドできちゃった。

やめろバカ離れろ、と半分笑いながら叫ぶ関にも、大笑いして大むせするタニシュンにも、どさくさに紛れてあさちゃん結婚しよーと意味不明なことを言ってるかなみんにも、みんなの周りに青春の透明な光が飛んでいた。ギターと、ホルンと、ドラムと、ベース。自分自身の武器を持った四人がこうやって集うなんて、奇跡だ。私たち、今日、音楽に繋げられました——。

大騒ぎした私たちが、このあと先生にこっぴどく叱られたのは言うまでもない。

＊

私たちの学年主任はセレブ志向なので、運よくいいホテルに泊まることができた（学年によっては林間学校で小学生が泊まるような施設に入れられることもあるようだ）。同室なのは、かなみんと、他の班の女子二人。夕食のあと、私とかなみんは二人で大浴場に向かった。もわもわと立ち込める熱気。どうして昼のと同じ熱気でも、お風呂のはこんなに肌に優しく馴染むんだろう。

「かなみん、もう体調大丈夫なの？」

一番大きな湯船につかりながら、聞く。かなみんはニッと笑って言った。

「全然！　カフェでりんごジュース飲んだ段階で元気になった」

小さな子どもみたいにぱちゃぱちゃとお湯を叩くかなみん。泳ぎたい、とか言い出したからさすがに止めた。

「えへへ。今さらだけどあさちゃん、ギター弾くとか超カッコいいよね」

「まぁね」

否定しないでみた。自分で言うなよ、というツッコミもなくかなみんは続けた。

「あさちゃん普段はクールな感じだからさ、今さらながらギャップ萌えなんだよねー。また一緒に演奏できるの超嬉しい」

とびきりチャーミングに笑うかなみん。やっぱり、めちゃくちゃ可愛い。

「ウチさぁ、ドラムをちゃんと習ってたのは小四までなんだよねー。そのくらいからじゃん、女子の人間関係めんどくさくなるのって」

「確かに……」

私は端《はな》からちょっと世捨て人みたいなところがあったから無理に女子の輪に加わろうとはしなかったけど、あれにまともについていこうとしたら大変だろう。

「ただでさえ多分嫌われてたからさぁ。これ以上みんなの輪から外れないようにって必死で、みんなが持ってるものそろえたり、みんなが遊びに行くときは絶対ついていくように……ってしてたら、だんだんドラムから離れていっちゃったんだよね」

「……」

そうだったんだ。今まで自分とかなみんの性格は正反対、って思ってたけど、そうでもないのかもしれない。人の目が気になって、自分が好きなものさえわかんなくなって。でも、それじゃあダメなんだよね。

「ほんっとよかったぁ、あさちゃんがウチのこともとの世界に戻してくれて。大好きすぎ」

火照ったもちもちのほっぺをキュッと上に上げるかなみん。そんな顔で「大好き」なんて言われたら、私が男子なら完全に惚れる。もはや、男子じゃなくても惚れそうだ。

関も、いい加減かなみんの魅力に気づいてるんじゃないか。私は思いきって言った。

「なんか、進展はないの？」

「関くんと？　ないよ」

きっぱり答えるかなみん。タコみたいに唇を尖らす姿が可愛くて笑った。

「あさちゃんは、なんにもないの？」

「誰と」

「タニシュンとだよ」

言って、かなみんはヤベッとでも言うように両手をお湯からぱちゃっと出して口を押さえた。私は、お湯の中にもぐりたくなった。

「そうかぁ……あさちゃん知らないんだもんな。どうしよう、ウチ口軽すぎだ」

「……」

タニシュンが私に片思いをしている。そんなウワサは何度も耳にしたし、山名のようにデリカシーの欠片もなく冷やかしてくる連中もいる。私は、それに対して特になにもアクションを起こさずにきた。というか、変に騒ぎたくなかった。

正直、もしかしたら自分はタニシュンのことが好きなのかもしれないと何度も思った。タニシュンにひどいことを言って謝れなかった日々、そしてタニシュンが学校に来なかったあの日、心にぽっかり大穴が空いた。絶対に、タニシュンのことを失いたくないと思った。

こんなに大切な人、どこを探したっていない。でも、四六時中相手のことばっかり考えていてもたってもいられない、みたいな感じではないのだ。どれだけ考えても、悩んでも、受け止める覚悟はできなかった。心の準備ができていない状態で告白されたって、多分傷つけることしかできない。私が深刻そうな顔をしたせいか、かなみんがやけに明るい調子で被せた。

「あさちゃんの様子見てウチ、あ、意外と好きバレってないんだなってほっとしてたんだよ」

「いや、あんたはむしろバレようとしてるでしょ」

「バレようとしてないよー。ただ、もう、抑えてらんないんだよ。好きすぎていてもたってもいられないの。秘めっぱなしにしてたら爆発しちゃうじゃん」

好きすぎて爆発。恋って、そういう感じなのかな。

「なんで、かなみんってそもそも関のこと好きになったの？」

好きに理由はないよね、って割り切ろうとしていたけれど、どうしても気になっていた。

確かにかなみんは幼稚園時代クールな感じの子が好きだった。だけど、どうして関にそこまで執着できるのかいまいちわからない。際立ってイケメン、というわけではない気がするし。

かなみんは一度鼻の下のあたりまでお湯につかり、もう一度出てきて言った。

「一年生の秋くらいかな。道端で、大人の男の人のチャリと小学生くらいの男の子のチャリがすれ違いざまにちょっと接触して、バランス崩して男の子が転んじゃったのを見たことがあるの。男の人、気づかないふりして走り去っていったんだよ。ひどいよね」

それは、ひどい。そして、私の質問に全く関係ない。

「ウチとっさに身体が動かなくてさ。でも男の子、ゆっくりだけど普通に立ち上がったし、自転車押して歩き出したからもういいかな……ってスルーしようとしたの。だけど、そこに一人の救世主が現れたの。誰だと思う？」

「え……誰？」

「関くんに決まってるじゃん！　今恋バナタイム！　鈍すぎだってあさちゃん」

あぁ、そういうことねと慌てて頷く。そうか。私に足りないのはこういうところか。

「話したことないけど、お医者さん目指してる秀才とか多分気難しい人なんだろうなーって思ってたのさ。だけど、男の子のこと立ち止まらせて、すっごく心配そうに『大丈夫？』って聞いて、膝の汚れとか落としてあげてさ、男の子の自転車押して……多分、家まで送ってあげたんだと思うよ」

「それで、惚れちゃったの？」

かなみんは、「んー」と少し唸ってから続けた。

「そこで惚れたっていうか、それをきっかけになんとなく関くんのことを目で追うようになったんだよね。そしたらさ……聞いてよ。いっつも勉強してるんだよ」

「知ってるよ」

きゃはは、と笑うかなみん。響くって、やめなって。

「それはそうだけどさぁ。でも、すごくない？　みんなが遊んでるときも、騒いでるときも、ずっと孤独に机と向き合ってるの。それで周りにどう思われようが、なに言われようが、絶対に曲がらないじゃん。ちゃんと、自分があるんだなって思った。関くんは、ウチにないものを持ってるなって。……それで、気づいたら、好きになってた」

あー恥ずかしー　と言って、お湯にもぐるかなみん。出てくると、ほっぺを両手で押さえながら言った。

「関くん、クラスでカチンとくる言い方とか発言とかも多いけど。でも、ウチは関くんは本当はすごく優しい人なんだって知っちゃってるからね。一旦好きになっちゃえばなにしてもずっきゅーんってなるのにさ、その気持ち全部隠しておくなんて無理。迷惑だろうなってわかっててても、好きが止まんないの。止めようとすると、パンクしちゃうじゃん」

顔まで赤くなり、かなみんはもう完全にタコだった。そろそろ出ようよと私が言うと、かなみんはふらつきながら湯船から出た。お風呂で恋バナってのぼせちゃうね、と笑うかなみん。私も笑顔を返しながらも、なんだかもやもやし始めていた。

タニシュンは、パンクしそうなのだろうか。私のせいで。

私は確かに鈍いのかもしれないけれど、普通に生活していてタニシュンが自分のことを好きだなんて、感じる場面はない。それこそ、ウワサにでもなっていなきゃ気づけない。

もし片思い説が本当だとしたら、あいつは私を困らせないために必死に自分の気持ちを隠しているのか。それで耐えきれずに、山名とかに話しちゃうんだろうか。
夜、ベッドに入ってタニシュンのことを考えたら、眠れなくなった。
月明かりがさらさらと降る弘前の夜は、ゆっくりと更けていく。

第四章　チューニング！

　二日目は、山の中のキャンプ場でみんなで野外炊飯をしたり、伝統工芸のこぎん刺し作り体験をしたりした。野外炊飯では三匹ほどのハエをカレーと一緒に煮込んだし、男子連中が野生の猿と戯《たわむ》れて死ぬほど怒られていたけれど、賑やかでまぁいいかなと思った。

　帰りのバスじゃ、布団以外で眠れない体質の私以外ほぼ全員爆睡。隣ではタニシュンがしっかりとよだれを垂らしながら寝ていたけれど、見なかったことにしてあげよう。

　到着したあとに吸った青森市の空気は、弘前のそれより少し冷たくて気持ちいい。本当は途中までタニシュンと一緒に帰りたかったのだけど、ヤツはきっちり野外炊飯中お猿さんと遊ぼうとしていたので、学校で反省文を書くまで帰れないらしい。本格的にバカなタニシュンを久々に見れて、ちょっと嬉しい気もするが。

　見慣れた油川の田園風景が、目の前に広がる。柔らかな風が稲を揺らし、夏の匂いを振りまく。光を浴びながら歩いていると、後ろから車の音が近づいてきた。振り向くより先に、黒い軽自動車が私の隣で止まる。運転席のマコトさんが、窓を開けて手を振った。

「あさー！　どうしたの、デカイ荷物背負って！」

「今、弘前からの帰りですよ」

「あー、んだったね！　昨日出発したんだもんね！」

マコトさんは親指でくいっと助手席を差し、歯を見せて笑った。

「あたし、今から青森駅のほう行こうと思ってたんだけど、一緒に行かない？　なんかうまいのおごるし、帰り家まで送るから！」

「私今、野外炊飯のとき出た煙とか全身で吸い込んでてめちゃくちゃ臭いんですけど、車乗っていいんですか？」

「気にすんな！　カモン！」

お言葉に甘え、後ろの席に荷物を置いて助手席に座る。髪を一度ほどき、きしきしになった毛を手櫛《てぐし》でとかす。マコトさんがアクセルを踏むと、窓から入ってくる風が頬を撫でた。歩いていたときの風よりずっと涼しく感じる。

「青森駅のほうって、なんか用事あったんですか？」

「いや？　でもなんか最近ビーチできたじゃん駅前に。それ見に行こうかなって思って」

そういえば、人工海浜ができたとニュースでやっていた。こないだ駅前に行ったときはまだ工事している最中だったから、どうなっているのかちょっと気になる。

古い酒屋や昔ながらの八百屋さんが並ぶ油川のメインストリートをゆっくりと走るマコトさんの車。大通りに出ると、青森フェリーターミナルの横を風を切って飛ばしていく。海に浮かぶ白い船や、瓦礫《がれき》の山、錆びた倉庫が、白い光と共に後ろに流れる。

私は髪を結び直しながら、横目でマコトさんを見た。

マコトさん。私、弘前でリュージさんに会ったんだよ。栄兄のエレキギターも弾いたんだよ。マコトさんにも、いてほしかったな――。

私の視線を悟ったのか、マコトさんは「ん？」と微笑んで私の顔を見る。そのまま明るい調子で言った。

「どんだった？　楽しかったでしょ、弘前」

「はい……」

「色々教えてよ。あさの土産話楽しみにしてたんだあたし」

「うーんと……」

マコトさんに伝えたいことが多すぎてどれから話していいかわからなかったけれど、一番先に伝えたいのは、バンドを組むことが決まった瞬間の煌めきだ。

「あの、Aフェス、タニシュンの他にメンバー二人追加したいんですけど、いいですか？」

「へ？　マジ⁉　それ、弘前で決めたの？」

「はい……あの、自主研の班のメンバーでバンドが組めそうで」

ほへー、とマコトさんは驚いた声を出す。私はドラムを幼馴染の女の子、ベースを散々に言ってたメガネくんが担当することを伝えた。マコトさんはハンドルを握りながら、嬉しそうに表情を緩ませる。

「すごいな。楽器やれるとか、お互いに知らない状態で自主研の班組んだら、みんな楽器やれたんでしょ。運命じゃゃんそんなの。音楽の神様に引き合わされたとしか思えないよ」

音楽の神様、か――。

そんなのがいるとしたら、タニシュンは間違いなく愛されてる。かなみんも、幼稚園児の時点であんなに上手だったんだから神様のかわいこちゃんだろう。関だって、辛いときにベースを弾くことで救われてきたんだから、神様は関のことが大好きにちがいない。

私は、どうだろう。

歌がうまい子なんてきっとごまんといて、上には上がいて、同じくらいの実力なら可愛い子のほうが喜ばれたり、みんなを笑顔にしたりできるんだろう。

音楽でみんなの心をあっためる。そんなこと、できるようになるのかな。こんな迷いのあるままで、タニシュンたちの音色に自分の歌声を乗せていいんだろうか。

「でも、思うにね」

マコトさんは唐突に言うと、前を見たままちょっといたずらっぽく笑った。

「これはあたしの勝手なカンだが……あさ、多分まだちょっと迷ってるでしょ」

「……なんでわかるんですか」

思わず言うと、マコトさんはあはは、図星かよーと大笑いした。車が車線からはみ出しそうになり、一瞬焦る。ひとしきり笑うと、マコトさんの声は穏やかになった。

「まあ、ゆっくり向こうで話そーよ」

気づけば、三角形の観光物産館の横を過ぎていた。もう少しで、駅の近くに到達する。

新町商店街の駐車場に車を停め、青森駅のほうに向かう。数軒の食堂や居酒屋の前を通り、駅の真横にある広場に出て、思わず「うわぁ……」と声を出した。

ついこないだまでなんでもなかった場所が、穏やかな波が打ち寄せる砂浜になっていた。小さな子どもがぱちゃぱちゃと海に足を入れて遊んだり、制服を着た女の人たちがスマホをかざして写真撮影をしていたり。

「すげー、ほんとに砂浜になっちゃったんだね」

冷静に考えて、県庁所在地の中心駅の隣にビーチがあるってやばいな。

「すごいなぁ、中心市街地はあっという間に変わっていくね。それに引き換え、油川の風景は変わらんねー」

確かに……。でも、変わらないものがあるって、愛おしいことだよ。

ビーチの隣にある洒落たお土産屋さんでジェラートを買ってもらい、真っ白なテラス席に座る。ジャズが流れる空間から、夕陽と向き合う海の上に浮かんだかつての青函連絡船の八甲田丸を眺める。ベイブリッジの向こうからはオレンジの光が漏れ出している。行ったことこそないけど、横浜とか、神戸とかと、大差ないんじゃないだろうか。

「あさ、味のチョイスしぶいな。トウモロコシとよもぎとか」

「フルーツ系よりも美味しいですよ絶対」

ねっとりしたジェラートを口に含むと、舌の上でスッと溶けた。一番最近食べた物がハエ入りカレーであるせいか、いつになく爽やかに身に染みる。

マコトさんはアイスコーヒーをくいっとあおると、私の顔を見る。

「んじゃ、さっきの話の続きしよっか」

んふふ、とテーブルに肘をついて目を合わせてくるマコトさん。波の音に背中を押されるように、言った。

「私……正直、Aフェス出るの、まだ不安なんです」

「そっか。その心は？」

一口食べて、答える。

「やっぱり、音楽って、聴いた人みんなを笑顔にしたり、みんなの心をあっためたりするためになきゃいけないのかなって思ってて。でも……そんなのできる気がしなくて」

小雨みたいに、ぽつりぽつりとしか言葉が出なかった。不安の正体を口にするのが、少し恥ずかしかったのかもしれない。

「私、ずっと思ってるんです。『誰かの意味に、なりたいな』って」

そう……小学生時代、本気でミュージシャンになろうとしていたときからの思いだった。

私は、私の歌声で誰かの凍った心を溶かしたい。聴いてくれた人の意味になりたいんだ。

歌うからには、私は栄兄と同じように聴いてくれた人全員の心をあっためたい。揺さぶりたい。聴いてくれた人みんなと音で繋がりたい。じゃなきゃ、意味がない。

でも、そんな歌を歌えるほどの実力が、今の私にあるだろうか。タニシュンたちやリュージさんは私の歌声に感動してくれたけど、他のクラスメイトや油川の住民たちの心にまで届く歌を歌うことができるとは思えないんだ。

「だから……」

次の言葉を探して黙り込む私に、マコトさんは優しく微笑みかけてくれた。

「そっか……なんとなくわかったよ」

波の揺らめきに目をやるマコトさん。頬杖をついてちょっと上目遣いに私を見た。

「んじゃ、とりあえずあたしが片思い失恋した人の話でもしましょうか」

「え!?」

思わず大声を出す。近くを通り過ぎた人が、ちょっとギョッとしてこちらを見た。

そんなこと気にしている余裕はない。

失恋……しかも、片思いのまま。マコトさんのそんな話、一度も聞いたことがない。

マコトさんの顔をしっかり見て、鼓膜に神経を集中させる。

「昔っからの音楽仲間なんだけどね、その失恋の相手。そいつが言ってたの。『音楽で世界中のみんなを幸せにしようなんて思わない。そんなことは、きっとできない』って」

「そんな……」

そんなことないです、と言いたかった。私は音楽に救われてきた。タニシュンもかなみんも関も、みんな音楽のおかげで生きているし、音楽のおかげで私たちは繋がった。

「納得いかないって顔してんな、あさ」

すぐに、悟られてしまう。波の上で、おもちゃの船みたいに無抵抗に揺れる鳥を見ながら、私は苦笑した。マコトさんは、にっこりして頷いてくれる。

「そう。あたしも他の仲間も最初、全然納得できなかった。一緒に上京してメジャーデビュー目指そうってときに、いきなりそんなこと言い出して、『わぁは地元に残る』って言ってさ。バカでねぇの、って。みんな怒ったよ、とりわけベースはね。でも、あたしはちゃんと話聞きたかった。……ほんとに、あいつのこと好きだったから」

自分がどんな表情をしているか、わからなかった。マコトさんの音楽仲間。一緒にメジャーデビューを目指しているときに、一人だけ地元に残ろうとした仲間。

マコトさんが失恋した相手は——。

「練習終わり、いつも一緒に帰ってたから……二人っきりになったときに聞いたの。『エイト、なんであんなこと言ったの？』って。そしたら、『最初は、わぁだって全国行きたかった。日本中の人の心をわぁんどの音楽であっためたかった。でも、それはわぁが目指してるものじゃねぇって気づいたんだ』って」

胸の中を、わけのわからない感情が埋め尽くす。

ねぇマコトさん、もう、「エイト」って言っちゃってるよ。知らなかったよ、私。マコトさん、栄兄のこと好きだったの？　そして、栄兄は本当にそんなこと言ったの？

栄兄の歌声には力があった。間違いなく、みんなの心をあっためる力があったよ。全国区を目指したって、よかったよ。

なぜ、どうして。聞きたいことが溢れて逸《はや》る私と対照的に、マコトさんの声は穏やかだ。

「あいつはとにかく音楽が大好きで、同じように音楽を愛してる人たちのことも大好きだったの。だけど、音楽で食っていきたい人なんて世の中に死ぬほどいて、でもその人たち全員がミュージシャンになれるわけないでしょ。勝ち上がらないと、目立たないと、メジャーデビューなんかできない。当たり前のことだけど、エイトはそれが辛かったんだって」

深く息を吸い、吐きながら、心を落ち着ける。どうにか落ち着けて、マコトさんの言葉を鼓膜に染みこませようとする。

栄兄たちのバンドは、ものすごい実力で学校外にもファンを作っていった。青森や東北でのバンドのコンテストでも必ず爪痕を残していった。でも、賞に輝く自分たちの陰で、泣いている他のバンドがいた。自分たちが立つ表彰台の真下で、あのときお前がこうなら、お前こそ間違えてた、と言い争う人たちがいた。そのとき、栄兄は思った。

自分が求めているものと、なにかが違う――。

「自分と同じように音楽を愛する人たちを蹴落としてまで全国区になるより、地元に残って、自分を育ててくれた本当に大切な人たちのそばで、その人たちのために歌い続けたい。自分を救ってくれた音楽で、大好きな人たちとだけでも繋がりたい。だから、あいつは青森県だけで音楽活動することを選んだんだね。Ａフェスをあんなに大事にしてたのは、ほんっとの地元だったからだよ」

そうだったんだ。思い返せば、今までのＡフェスで栄兄の演奏を聴いた人たちは、みんな目を潤ませていた。おじいちゃんおばあちゃんも学生も子どもたちも、忘れられない恋とか、思い出の場所とか、大好きな友達とか、色々なものに思いをはせて優しい気持ちになっていた。どこか暗い顔をしたサラリーマンみたいな人も、栄兄のステージではまっすぐ前を向いていた。

「自分の歌声で誰かの意味になりたいって、そう思うのは自然だよ。だって、あさはエイトのそばで育ってきたんだもんね」

そうだ。生まれたときから、気づいたら栄兄はそばにいた。私の細胞の幾分かは、栄兄の歌声でできていると言っても過言ではないかもしれない。お母さんから、あさはエイトにとって初めて間近で見る赤ちゃんだったから、可愛くて可愛くてしょうがなくて、放課後毎日のように会いに来てたんだよ、って話は聞いてる。物心ついてからも、どんなに忙しくても、栄兄は私と遊んでくれた。いろんな音を、聞かせてくれた。

今さらのように、十四歳差だから、私が生まれたときの栄兄は今の私と同い年だったんだな、と思う。きっと、悩んだり傷ついたり泣いたり怒ったり、今の私たちと同じようなせわしない日々を送ってたんだろう。そんな中で、ずっと私のことを大事にしてくれてたんだ。

「だけど、あいつでさえ全員を幸せにする音楽を作ろう、なんて思ってなかったの。夢や目標を大きく描くのは大事だけど、それに縛られすぎて動けないいんじゃ意味ないよ。いいんだよ。あさが楽しければ、それでいいんだよ。だって、それがエイトの望みだったんだから」

栄兄の、望み……?

すでに、カップの中でドロドロに溶けて混ざり合う二種類のジェラート。震える手で持ったまま、ただマコトさんのきれいな顔を見つめた。

「エイトにとってあさは、友達みたいな、妹みたいな存在だったんだって。いつもエイト言ってたよ。あいつの人生になにがあっても大丈夫なように、ちっちゃいときから音楽に出会わせておいたんだって。死にたいほど嫌なことがあったときに、歌ってほしかったんだって。エイトは、辛くて自分を粗末にしちゃう時期もあったから。だけど、大好きなあさには、自分自身を音楽で救ってあげてほしかったんだって」

穏やかな波が、優しく砂を撫でる。

「あたしにとってもあさは可愛い、大好きな妹みたいなもんなんだよ。だから、あさのためならなんでもしてあげたい」

唇を噛んで、零れ落ちそうな思いをこらえる。初めて、栄兄の心に直接触れたような気がした。

「ねぇ。好きなように歌いな。思いっきり楽しめ、自分のために！　そして、あわよくば、あさの大切な人のために」

「……はい」

気負わなくていいんだ、みんなの心をあっためようだなんて。

好きなように。大切な人のために。

もうすでに思いは溢れ出しそうだったけれど、その前にどうしてもちゃんと聞きたい。

「栄兄に……フラれたんですか？」

「うーん。フラれたなら、まだマシだったんだけどさぁ」

遥か海の彼方を見ながら、マコトさんはぽつりぽつりと話す。

「毎日一緒にいた。高校時代は、学校帰りも練習帰りもいつも一緒だった。あいつ自転車通学なのに、徒歩通学のあたしに合わせて自転車押して歩いてくれんの。バカ話も真剣な話も、腐るほどした。あさの話も何回も。可愛くてしゃーないんだってさ」

叔父バカだよね、と笑うマコトさんの瞳は、潤んで溢れそうだった。

「スタジオのとこまっすぐ行って右に曲がったあたり、坂道があるじゃん。あそこに差しかかると、いつも胸がぎゅってなるの。夕陽に照らされてるエイトの顔が本当にきれいで、何回も伝えようと思った。でも、いい雰囲気になるとあいつ、はぐらかしてくんの。鈍感なんだったらまだいいよ。でも、絶対わざとだもん。そんなにあたしに告られんの、嫌なのかよ」

ぐすっ、と鼻を啜るマコトさん。栄兄、聞いてる？　どんな顔で、聞いてる？

「なんで言わせてくれなかったんだろうね。伝えてれば、ちょっと満足できたよ。堂々とフラれてればさっぱりもできたのに、あのまま終わっちゃったからあたし、ずっと後悔してる」

もう完全に溶け切ったアイスを見つめながら、いつかのマコトさんの言葉を思い出す。

大事な人への大事な言葉は、言えるときにちゃんと言いな。

確かあれは、タニシュンのことを話しているときのことだったな――。

「忘れないよ、エイトの全部を。匂いとか、仕草とか声とか、全部一生離さない。でも、伝えられなかった後悔までずっと抱えていかなきゃいけないないなんて、ひどいよ」

マコトさんのアイスコーヒーに生まれた大きなしずくが、ぽつ、と白いテーブルに落ちる。

「会いたいよ、エイト……」

私も……。

「私も、栄兄に会いたいです」

最後まで気づけなかった。栄兄が、私のことをそんなに大切に思ってくれていたこと。伝えたい。今すぐに、大きな背中に抱きついてでも、言いたい。

音楽に出会わせてくれて、ありがとう。

しばらく、私もマコトさんもなにも言わなかった。溶けたジェラートとぬるくなったアイスコーヒー。白いテーブルの上でいくつもの水滴を落としていく。

もう我慢できない、そう思った瞬間にマコトさんが大きな声を出した。

「おっしゃ！　海、入るか！」

「え!?」

どういう流れだ。

返事をする前に、マコトさんは走り出していた。砂浜へ続くスロープを下りきると、サンダルを脱いで裸足のまま走っていく。私も慌てて追いかけ、靴も靴下も砂の上に脱ぎ捨てた。

じんわりと熱い、砂の感触。何度か足を取られて転びそうになりながらも、マコトさんと一緒に波打ち際まで駆けた。

「ひゃー、冷たい！　気持ちいい！」

海の水を素足に絡め、子どもみたいにはしゃぐマコトさん。私も、ジャージの裾をまくり上げて勢いのまま水に足を入れた。頭の芯まで染みるような、爽快な冷たさ。そのまま二人で、足首まで完全につかる。揺れるオレンジ色の水面は、どこまでも続いていた。

突然、マコトさんは空を仰いだ。そのまま、思いっきり潮の香りを吸い込む。

「エイトのバカぁっ！　なんで告らせてくんなかったんだよ、最後まではぐらかしやがってー！　一発殴らせろーっ！」

人目も憚《はばか》らず、大声で叫ぶマコトさん。

「バーカ！　出てこいよ！　逃げてんじゃねぇっ！」

乱暴な言葉とは裏腹に、マコトさんの目からは大粒の涙がいくつも落ちた。

私も、一緒に叫んであげればマコトさんはもっとすっきりするのかもしれない。でも、できなかった。少しだけ、栄兄の気持ちがわかってしまうから。

マコトさんのことが大切だから、傷つけたくなかったんだよね。恋か、そうじゃないかもわからないまま告白されて、戸惑って、今までの関係でいられなくなるのがこわかったんだよね。

だけど、それじゃあ、ダメみたいだよ。

「エイトー、絶対あさのこと見に来いよー！　来なかったら、許さねぇぞーっ！」

「っ……」

今、少しでも喉を開けたら、大粒の涙がいくつも海の中に落ちていきそうだった。

でも、泣かないよ。

泣かないから、聞いて、栄兄。

あのとき誘ってくれたAフェスに、大好きな仲間と一緒に出るよ。

まずは私のために、そして私の大切な人のためにこの声を響かせてみるよ。

そのときだった。

ぶぉーっ！

ビーチ中に響き渡る、大きな音。八甲田丸の汽笛だと気づくのに、数秒かかる。それは、まるでエールのようだった。

あさ、がんばれ！

記憶の中からしゃがれた優しい声が響いてくる。もう、一つの迷いもなかった。

＊

土曜日になった。私は、小さなポシェットを提げて家を飛び出す。スタジオの前には、あっという間に着いた。

薄い雲がかかった淡い水色の空を仰ぐ。雲一つない快晴ってよく言うけど、私はこれくらいの空のほうが好き。

「あさちゃん、おっはよっ！」

スキップしながらまずやって来たのはかなみんだ。真っ白なワンピースがまぶしい。

「もー、ドラム、楽しみすぎっ！」

「すごいね、楽しみって思えるの。私、歌うのもう緊張してお腹痛いんだけど」

「なんで緊張する必要あんの？　すっごい上手じゃん」

「照れるよ、やめてー」

顔に熱が集まるのを自覚しながら唇を尖らせる。

そのときだった。

「あ」

かなみんが、短く声を出す。向こうのほうから、ミユキさんたち最強女子軍団四人衆が歩いてきた。興味なげな声で言うかなみん。

「浜田のほうに遊びに行くんだってさー。遠すぎ」

浜田は市内でも遊ぶ場所の多いところだけど、バスで三十分くらいかけて青森駅に行ってから、また三十分くらいバスに揺られなきゃいけない。確かに遠いけど、みんなで遠出するってときにかなみんは誘われてないの？　まさか、仲間外れになったとかじゃないよね。

不安になったけど、私よりも先にかなみんが口を開いた。

「ミユキたちと遊ぶの、初めて断ったんだよねぇウチ。用事ある、って言って」

断った？

確かにバンドを組んでから、かなみんは教室でミユキさんたちとあまりつるまなくなった。バンドの話をするとき以外でも、私のところに遊びにくることが多い。だけど、わざわざかなみんのほうからミユキさんたちをフるなんて、反感買ったりしないんだろうか。

「え……大丈夫なんだよね？」

「うん、だって――」

そのとき、

「あれ？　かなみんとあさちゃんじゃなーい？」

向こうも、私たちに気づいた。ドヤドヤと駆け寄ってくる。気おされ、私は一歩下がってかなみんの後ろに隠れた。

背中が開いた黒い服を着てメイクを決めたミユキさんは、大学生みたいに大人っぽい。微かにいい匂いを漂わせながら半笑いでかなみんを見る。

「かなみん、用事ってなに？　あさちゃんと遊ぶの？」

おろおろする私を庇うように、かなみんははっきりと答えた。

「遊ぶんじゃないよ。バンドの練習」

「バンド？」

首を傾げるみんな。かなみんは、構わず明るい声で言う。

「そうだよ。バンド！　ウチはドラムで、あさちゃんはギターボーカル。タニシュンがホルンで、関くんがベース！」

女の子たちは顔を見合わせた。どの顔にも、嘲るような色があった。

しばしの沈黙のあと、ミユキさんが急にぱぁっと笑みを浮かべ、かなみんに抱きついた。

「ねー、どうしたの急にー！　かなみん、なんか悩み事でもある？　変なもの食べた？」

どうしたの急に、そんなパッとしない人たちと。どうしたの急に、そんなことにマジになっちゃって。ミユキさんの言葉の陰に感じたものは、単なる私の被害妄想じゃなかったと思う。

しばらくかなみんにじゃれついていたミユキさんは、かなみんがなに一つ反応しないのに耐えかねて離れた。女の子たちの表情が、少し怯《ひる》む。

かなみんは、ぱちんと小さな両手を合わせるとびっきりチャーミングな笑顔で言った。

「ごめんねみんな。ウチ、今ドラムが一番楽しいの！」

真顔になるミユキさん。なにか言い返されるより先に、かなみんが一人一人の背中をバス停のほうに向かって押した。

「ほら、早く行きなよ。バスに遅れちゃうよ」

みんな、戸惑うような、怒ったような顔でサンダルを前に進める。私たちと少し距離ができてから、四人の距離がぐっと縮まり、直後ぎゃははと大きな笑い声が起きた。もう、私たちの陰口じゃなかったらなんなのだろう、って感じだ。

「ウチ、ちょっとKYだったかな」

ちょっとだけ肩をすくめるかなみん。でも、すぐに表情を明るくした。

「でもいいよね！　ほんとのこと言っただけだしね！」

言うと、かなみんは幾分か雲の流れが穏やかになった空に向かって伸びをした。小さな手のひらが、太陽に届きそう。私の口角も、自然と上がった。

「いいと思う。カッコいい」

「え、ウチカッコいい？　やったっ」

ドラムが一番楽しい。かなみんの口からはっきりと発せられるのを聞いて、私の心もぱあっと晴れた。

そうだな。私も今、ギターと歌が一番楽しいな。

そのとき、マコトさんが「よっ」と手を上げてスタジオの中から出てきた。

「おっはよーあさ！　随分《ずいぶん》賑やかだったね。その子、友達？」

超可愛いなぁ、と嬉しそうに言うマコトさん。この子がドラムの、と私が紹介する前に、かなみんが飛び跳ねながらマコトさんにくっついた。

「ちょっと、可愛すぎ！　どうやってその色にしてるんですか、髪っ！」

「ん、これ？　普通に美容院でやってもらえるよ？」

青いポニーテールを揺らし、にっこりするマコトさん。きゃーウチも将来髪染めよ、とか言ってるけど、あんた今もバレない程度の茶色に染めてるだろ。昔もっと黒かったもん。

「ウチ、津田夏南です！　ドラム叩きます、かなみんって呼んでください♡」

くるん、と一回転して名乗るかなみん。相当マコトさんのこと気に入ったみたいだ。よかったよかった。

間もなく、前方からタニシュンと関も二人して歩いてくる。ほんとに、仲良しだな。

「え、誰あのイケメン」

マコトさんは、目を細めていぶかしげに二人を見つめている。今、イケメンって言った？

「イケメン？　どっちが？」

「いや、あのタニシュンくんじゃないほうの、メガネのちっちゃい子」

「えええええ？」

関が？　どこが？　私の脳はクエスチョンマークでいっぱいになるけれど、かなみんは嬉しそうな笑顔を咲かせた。

「ですよねっ！　超カッコいいですよね!?」

「んだよな。ほら……ほら、遠目にだけどやっぱカッコよくない？　誰？」

私は、どこから説明したらいいものか頭を掻きながら言った。

「あの子がベースですよ」

マコトさんは一瞬首を傾げたが、繋がったらしく「あぁー！」と何度も頷いた。

ちょっとばつが悪い。今までマコトさんには、関の悪口しか言ってこなかったから。

「正直、イメージと違うなぁ。イメージの十倍はカッコいい」

一体どんな怪物を想像していたんだろう。思わず顔をしかめる私とは対照的に、かなみんの目が輝いた。

「やっぱりウチの目に狂いはないんだ〜！　絶対イケメンですよねっ」

「だよな！　インテリ系イケメンって感じ」

「えぇ……」

ダメだ、私には理解できん。

二人は、近くまで来ると小走りになる。タニシュンはバカでかいホルンケースを背負い、早速弘前で買ったTシャツを着ている（お昼ご飯がタダになったせいでかなりお金浮いたんだよね）。胸にでかでかと「SUKIYAKI」って書いてあるところを見ると、多分外国人観光客用のお土産だったんじゃないかと思うけど。

男子二人を見ると、マコトさんが腕を組んで言った。

「おい、イケメン！」

「はい！」

イケメンという言葉になぜかタニシュンが反応し、いい返事をする。

「違う！　隣のそこのあったまよさそうなメガネ！」

「え……」

急に知らないお姉さんにイケメンメガネ呼ばわりされ、硬直する関。こっちは内心ヒヤヒヤしている。

「イケメン、名前は？」

「あ……関ですけど」

謙遜《けんそん》することもなく、ぼそっと名乗る。マコトさんはニカリと笑い、関の右手を握る。

「セッキーね。よろしく」

「は？」

関は、眉間にしわを寄せた。タニシュンが横で笑いをこらえている。

「なんだ、セッキー」

「いや……その呼び方は」

はあ？　と大げさに顔を歪めるマコトさん。

「だって君『関』なんでしょ？　そしたら、『セッキー』だよ」

関は、脳天にカラスの糞《ふん》を食らったみたいな顔になる。

「如何《いか》なる過程を経てそのような呼称が成り立つのか理解できません」

へ？　とマコトさんが顔をしかめる。

「どのような過程って、苗字の『せ』と『き』の間にちっちゃい『つ』を入れて語尾を伸ばしたんだよ」

「でしょうね」

真顔の関。なにバカマジメに過程説明してんだ。まだまだ全然ロッケンローラーの世界観についていけてない関を放っぽって、マコトさんはタニシュンのほうを見た。

「ちょっとタニシュンくん超久しぶりだけどなんだよその服ー。バカにしてんの？」

おっ久しぶりです！　と無邪気に言ったあとで、唇を尖らすタニシュン。

「えー、これ弘前で買ったんですよー。なんか英語書いててカッコいいなぁと思って」

どうやら英語じゃなくてローマ字だってことに気づいてないらしい。「だっさ」と吐き捨てるような言い方をするかなみん。マコトさんは腹を抱えて笑った。

「全員面白いんだけど、みんな。しょっぱなからワクワクしかしない！」

楽しそうなマコトさんと共に、私たちはスタジオの中に入っていった。

とにかく、全力出すぞ。ぱん、と自分のほっぺたを叩いた。

初めてバンドを組むということでわからないことも多いから、練習にはマコトさんにも立ち会ってもらうことにした。スタジオに入る三人の楽しそうな顔を見て、なんだかこっちまでワクワクしてくる。タニシュンは、頬を緩ませながらケースからホルンを出した。

「……カタツムリみたいな形だよな」

　関がベースの準備をしながら、ホルンをじろじろと見て言う。

「あはは、みんな『カタツムリ』って言うよなー！　俺はどっちかっつうと腸みてぇだなぁって最初思ったけど。え？　カタツムリのほうがいいって？　ごめんごめん」

　またホルンと会話し出した。やっぱ、飼ってるんだろうなぁ。

「うわぁ、すんごーい！　結構いいヤツじゃん、このドラム！」

　ルンルンと椅子に座りだだだだだだだしゃらーんと軽やかにドラムスティックを躍らすかなみん。あまり興奮させると太鼓に穴でも開けそうだから、きちんと見張ってないとな。

　私も、エレキギターをアンプに繋ぎ、いつものごとくチューニングを行う。今日は、それほどズレが多くなかった。

　みんながチューニングを終えたのを確認すると、マコトさんが頷いた。

「よし、そしたら最初ちょっとウォーミングアップに各自楽器鳴らして、楽譜見てみ。今日はとりあえずイントロだけ各々練習して、合わせてみよう」

「初回から合わせるんですか？」

　聞くと、マコトさんは大きく頷いた。

「少しでも四人で合わせる雰囲気堪能してみると、全然テンション変わってくるからね」

なるほどな。私は頷き、改めて楽譜と向き合う。そして、一音ずつ確かめる。出だしは私のエレキギターだ。リズミカルにいかないとな。

「ちょっと、すみません……」

「どうしたベッキー」

「いやセッキーです……あ、違います関です」

ぼうっと赤くなる関。こいつ、多分私以上にひどい赤面症だな。近寄ってきたマコトさんにそっぽを向き、できる限りの不機嫌そうな声を出してみせた。

「俺、多分あなたのこと嫌いだと思います」

「つれないねぇ。あたしは気に入ったよ、あんたのこと」

関は……いや　セッキーは深く俯いたまま黙って楽譜を指さした。イントロから歌に入る直前の音が大分細かくてわかりにくいらしい。マコトさんはそばについて丁寧に教えた。セッキーは、真剣な表情で一つずつ音を追っていく。ちゃんとした楽譜がないタニシュンはもっと大変だ。それでも、メトロノームでリズムをとり、楽しそうにホルンと相談しながら音色を紡ぐ。ひときわすごいのはかなみん。普段の可愛らしい姿からは想像もできないほど激しく身を揺らしながらドラムを叩いている。自分が鳴らすリズムに乗って、踊っているように見えた。音楽の授業のときとは別人のように生き生きとしている。

なんか、すごいよこいつら。すごい。

私も負けじと、ギターと向き合う。すごい。少しくらい間違えてもいいから、とにかく、楽しく、楽しく。個人練習の時間はあっという間に過ぎて、みんなざっくりだけど弾けるようになっていた。

「よぅし、一旦イントロ合わせるぞみんな！　あたしが座ってるのが客席だと思って、位置について」

かなみんが、後ろ。客席から見て左側にセッキー、右側にタニシュンがつく。そして、真ん中に私。ちょっと、恥ずかしい気もしたけれど、それ以上に清々しかった。あぐらをかいたマコトさんが、グッと親指を突き出す。変な緊張感に襲われながらも、私はピックを構えた。そして――。

軽やかなスタートダッシュをきり、かなみんのリズムとセッキーのベースに乗る。私たちの演奏に、タニシュンのホルンが爽やかに覆いかぶさった。明るくて、誰かを励ますようなメロディー。青森中に響いたらいいのに。

セッキーが奏でた最後のベースは少しテンポが落ちたけれど、最初にしては上出来だった。イントロが終わったあと、しばらく誰もなにも言わなかった。心地よい夢から覚めたような気分だった。

うっとりとした余韻から覚めたのは、マコトさんの唸るような声を聞いたときだった。

「うーん。みんな、すごいセンスあるよ」

楽しそうに言うマコトさん。ぐぐっと、嬉しさがこみ上げる。

「やったぁ！　センスあるうぅ!!」

誰よりもハイになったかなみんが、ドンパチドンパチとドラムを鳴らす。やめなって、セッキー、ちょっと引いてるよ。

思いつつ、みんなといると自然と頬は緩んでくる。タニシュンは相変わらずニコニコしているし、時折セッキーの表情にも笑顔が見えると、かなみんも嬉しそうになる。しょっぱなから、本当に笑顔が絶えない。

これが、音楽なんだ。

「タニシュンくんも、よくこの時間でそんなうまくまとめたなぁ」

マコトさんが言うと、タニシュンはいやぁと嬉しそうに頭を掻いた。

「とりあえず、トランペットのパートを基本にしてアレンジして吹いてみたけど。もう少し、変えるかもです」

「いいぞ、天才ホルニスト。全員見返したれ」

ニッと笑うマコトさん。タニシュンも、嬉しそうな笑顔で頷き返す。

私たちはしばらくひたすらニコニコしあっていたが、かなみんが思い出したように
パチンと手を叩いた。

「ねぇ。バンド名決めてないじゃん」

あぁ……確かに。なんだろう。弘前自主研ズ？　とりあえず言ってみようかと思っ
たところで、マコトさんが口を開いた。

「なんだろね、みんなだと。『弘前自主研ズ』とか？」

「いやだー、ダサすぎー」

ドン引いたように言うかなみん。言わなくてよかったという安心感と、マコトさん
と思考回路が同じだったことへの恐怖がこみ上げてくる。

「『SUKIYAKI』……」

え？　誰今ボソッと言ったの。

「セッキー？」

「いや……たまたま谷岡の服が目に入って」

え？　と怪訝そうに数回瞬きして、自分の服を見るタニシュン。数秒フリーズした
あとで、絶叫する。

「え！　ウソ、これ英語じゃねぇの!?　恥ずっ！」

今かい。うわー、見ないでぇとタニシュンは文字の部分を隠した。

「いいじゃん！『SUKIYAKI』！　ホルンのヤツのTシャツにたまたま書いてあったって、MCのネタにもなるよ」

「いやだぁ、やめてぇ」

言葉とは裏腹にゲラゲラ笑っているタニシュン。もう、決まったも同然……なのか？

「うん、なんか、これはいいダサさだねっ！　さすがセッキー」

満足げに言うかなみん。バンド名って、こんなに適当につけるもんなのか。

「もう夕方だし、そろそろ終わるか。これからは毎週土曜日に集まって練習しようか、一か月ちょい。あと――」

マコトさんの言葉を遮るように、マコトさんのスマホが鳴る。

「うぉ、誰だ。ごめん、とりあえず次の土曜日また集まってくれたら大丈夫だから。気をつけて帰ってな」

マコトさんは、カバンをがさごそ漁りながら言った。みんなはじゃあまた……とできるだけ音を立てないようにして部屋から出ていく。私は、とどまった。

携帯の画面を見たマコトさんの顔が、怪訝そうに動いたから。誰……？　と言いながら携帯を耳に押し当てる。すぐに、その表情が変わった。

「あ……」

うん、うん……と頷くマコトさんの顔が、徐々に穏やかになっていく。

「え、今弘前で？　喫茶店かぁ……意外だなちょっと」

弘前。喫茶店。その言葉で、マコトさんが誰と会話しているのかわかった。

ねぇ。栄兄もきっと今、笑ってるよ。

マコトさんを邪魔しないように静かに部屋を出て出口に向かうと、タニシュンもかなみんもセッキーもまだ玄関のところにいた。かたじけないなぁ、待っててくれたのか。

「セッキーってさ、意外と天然なのか？」

「うるさい」

タニシュンの手を、邪険に振り払うセッキー。まーた、照れて。

「自分だってTシャツに書いてあるのが日本料理名だってことに気づいてなかったくせに。あとセッキーって言うな」

「えぇー。じゃあ『天然メガネ』」

「いや、だから天然とか、た、タニシュンにだけは言われたくないし……」

タニシュンが一瞬目を丸くし、そのあとにぱぁっと笑みを顔全体に広げた。

「え？　お前、今俺のことなんて呼んだ？」

「え……いや、普通に谷岡って」

「ウソつけやセッキー！」

セッキーと肩を組もうとするタニシュンに、「ちょっと、セッキーに気安く触んないでよ！」と怒鳴るかなみん。なんてカオスなすき焼きなんだ。

「ごめん、遅れた遅れた」

「あさちゃぁん！」

小走りでみんなのところに合流すると、かなみんが嬉しそうに腕を組んできた。なんだか、くすぐったい。

「あさ、今さらだけど本当に『ＳＵＫＩＹＡＫＩ』で大丈夫か？」

苦笑いしながら聞いてくるタニシュン。私も、若干苦笑気味で言う。

「別にいいんじゃない？『ＨＩＤＡＭＡＲＩ』とちょっと似てるし、天才セッキーのアイデアだし」

「だから俺は関だってば」

食い気味のツッコミ。なかなか間のいいヤツだ。セッキー、タニシュンと漫才でもやれば意外とウケるんじゃない？

「なんだよみんなタニシュンとかかなみんとかさ、お前らは谷岡駿介と津田夏南だろ」

「セッキー、ウチのフルネーム知ってたなんて！」

うるうるしだすかなみん。顔を赤くしつつも平静を装うセッキー。

「いや、だから、それで喜ぶなら俺のこともちゃんとした名前で呼んで」

「なんだよお前ー。別に俺はセッキーみたいにノリと勢いだけでタニシュンって呼ばれるようになったわけじゃないからな。小学生のとき学年に三人くらい『しゅんすけ』ってヤツがいて、区別するためにあだ名ついただけだからな」

「だから、ノリと勢いだけでセッキーって呼ぶな！」

私たちは、セミの大合唱に負けないくらい大声で笑った。他愛のない話を続けながら五分ほど歩いたところで、かなみんが私の家とは反対方向の道を指さす。

「じゃあ、ウチはここで」

「あ、俺も」

セッキーも、小さく手を上げた。え！　と口に手を当てるかなみん。うわ、ここから先は二人っきりですか。頑張れよ、かなみん。

タニシュンと二人っきりになった家路は、柔らかい光に包まれている。ゆっくりと歩みを進めながら、タニシュンが言った。

「俺、山ちゃんのこと誘ったんだよね、Ａフェスに」

「え!?」

思わず声を上げる。そんな、なんのために。

「大丈夫なの……?　だってあの人、まだセッキーと」

「わかってる」

タニシュンの横顔は、どこか遠くを見ていた。

「でも——俺のわがままだけど、山ちゃんにはどうしても聞いてほしくて」

誘ったときの反応的に来てくれない可能性大だけど、と寂しそうに笑うタニシュン。意外だった。私は、てっきりタニシュンは山名の扱いには困っていて、仕方なくつるんでるんだと思ってた。男子の世界って、いまいちよくわからないな。まぁ、女子も女子だけど。

「山ちゃんもさ、根は悪いヤツじゃないんだよ。俺もいっぱい助けてもらってきたし。そう、根は悪くないんだけど、言葉もやることも乱暴なところあるからあんまりみんなとうまくやれないじゃん。そういうところ、ある意味ちょっとセッキーに似てるよな」

「まあ……そうかもね」

言われてみればね。ちょっとおかしくなって、クスッと笑ってしまった。

しばらく、二人ともなにも話さなかった。ただ黙って、夕陽の田んぼ道を歩いていた。時折、タニシュンの喉がなにか言いたげに、ん、ん、と鳴る。

　やがて差しかかった坂道で、私たちは立ち止まった。これは昔よく二人で肩を並べて歩いた坂だ。小さい私たちにはヒマラヤみたいに見えたここも、今じゃなだらかな小坂。上のほうに、柿色の空が見える。心の中の思いを全部さらけ出せそうな優しい光だった。

　マコトさんの言葉を思い出す。ここを、栄兄とマコトさんも一緒に歩いたんだ。自転車を押して歩く栄兄の隣で大切な言葉を飲み込むマコトさんの姿を思い浮かべたら、どうしようもなく切なくなった。

「なぁ、あさ」

　一歩踏み出し、唐突にタニシュンが名前を呼んだ。ドキッとする。

「あさ、俺……将来、プロのホルン奏者になりたい」

「えっ」

　びっくりして、タニシュンの真剣な横顔を見る。ホルニストか。とことんだな。相当、険しい道だろうけど、あんたらしいよ。タニシュンは、まっすぐ前を見たまま続けた。

「吹部やめたとき、もうホルンもやめちゃおうかなって、ちょっと思ったんだ。なんだかんだで辛いこともいっぱいあったから。でも……やっぱ俺ホルンが好きだった。

あさが、気づかせてくれた」

タニシュンは、私のほうに顔を向け、くしゃっと笑った。

「ありがとう」

吸い込まれそうなくらい、キラキラした笑顔。昔から、なに一つ変わらない。

坂の上の光が、どんどんまぶしく迫ってくる。私とタニシュンの歩幅は、ぴったりとそろっていた。ズレない二人の靴音。心臓がとくっとくっと私の中を優しく打つ。

昔はよく、手を繋いでのぼったんだよな。疲れちゃうから、励まし合おうって。ケンカしたあとでも、二人でのぼればあったかかった。仲良しってだけで手を繋ぐのは不自然な年齢になってしまったのが、なんだか寂しい。私は、将来どうなるんだろう。タニシュンはきっと、音楽系の大学とかに行くんだろうな。青森を、離れるんだろうな。

どれだけ大事に時間を過ごしても、一緒にいられることが当たり前じゃなくなるときは必ず来るんだ。繋いでいた手がほどけて、こうやって少しずつ大人になって、いつか会えなくなっちゃうのかな――。

「なぁ、あさ……」

坂をのぼりきったとき、やっとのことで聞き取れるくらいの小さな声が耳に届いた。

「あさがいたから、今の俺がいるよ」

タニシュン──。

「吹部にいたときは、みんなで一緒に一つの曲をやってるはずなのに、なぜかいっつも孤独だったんだよ。問題起こして部活やめたとき、悲しかったけど、同時になんかホッとしたんだ。演奏が楽しいと思う気持ちにも、ホルンが大好きだって気持ちにもウソはないけど、本当は俺……部活が、すっげぇ苦しかった……」

タニシュンの吐いた息が震えていた。

「だけど、あさに誘われて……誰かと一緒に演奏するのがこんなに幸せだったこと、今までになくて。ちっちゃい頃からずっとそうだよな。俺が辛いとき、いつもそばにいて、笑わせてくれてただろ。俺はあさになんにも返せてないけど……ないから、こんなこと言う資格もないって思うけど──」

その声が詰まる。喉の奥で渦巻いているものがなんであるか、今の私にはわかってしまう。

「思うけど……でも……」

そのまま、タニシュンは無言になってしまった。

なにも返せてないわけないでしょ。タニシュンがいてくれることが、私にとってどれだけ心強くて大切なことかわかる？

言いたいことならいくらでもあった。だけど、伝えるより先に、私は──。

「ねぇ」

ぴたっ、と足を止めた。タニシュンの進路を塞ぐようにして、その真正面に立つ。

「言って」

しっかりとその目を見た。タニシュンの全身を映した瞳から、なにかが零れ落ちそうになる。栄兄とマコトさんを包み込んだであろうじんわりと温かい光の中で、もう一度言った。

「大事なことなら、今、言って」

タニシュンの頬は、熱がある人みたいに赤かった。今にも、倒れそうにも見える。

でも、もし今タニシュンが倒れかかってきたとしても、今の私はきっとちゃんと受け止めるだろう。私の中で答えが、ちゃんと決まっているわけじゃない。

それでも、タニシュンの全てを全身で受け止められるだろう。

「あさ……俺は」

私は、大切な人の言葉から逃げない。

「俺は」

タニシュンは、夏の匂いを思いきり吸い込み、ぎゅっと目を閉じて叫んだ。

「俺は、絶対ホルニストになる！　何歳になっても、あさと一緒に音楽、やる！」

「っ――」

……思ってたんと、ちょっと違う！

緊張の糸がほどけて、思わず頬が緩む。少し拍子抜けしたけれど、「夢を叶えて、ずっとあさと一緒に音楽をやりたい」という言葉が、こんなに必死になるほど大切にタニシュンの胸の中にしまわれていたのだと思うと、なんだか愛おしさにも似たものが押し寄せてきた。

「ずっと一緒に音楽しよう、タニシュン」

私の音楽には、ホルンが必要なの。

泣きそうな顔で大きく頷くタニシュン。優しい気持ちが、全身に満ちていく。

私は、なんだかタニシュンに触れてみたくなった。昔みたいにぎゅっと手を握って、体温を確かめたい。かなみんは、好きすぎて爆発しそうなのが恋だって言っていた。それが恋愛の定義なら、タニシュンに対する思いは恋じゃない。でも、もしかしたら燃え盛るような思いじゃなくても――ただ隣にいられるだけで幸せで、安らいで、この先もずっと一緒にいられるなら他になにも要らないと思えるような恋もあるのかもしれない、なんて思うのだ。

「あ……赤トンボ」

タニシュンの突然の嬉しそうな声が、無言の時間に幕を下ろした。子どもみたいに無邪気にトンボを指さす姿に、思わずクスッと笑った。

「あんた昔からトンボ見つけるといちいち報告してくるよねぇ」

「いいじゃん、好きなんだもん！」

二人の笑い声が、夏の夕空に溶けていく。降り注ぐ光は、温かい。先のことなんて見えない。明日のことすら、わからない。確かなのは、今この瞬間――二人で茜の道を歩いているこのときが、とてつもなく幸せだということだけだ。

結局昔みたいに手を繋ぐことはなかったけれど、二人三脚みたいに、最後まで私たちの歩幅はそろっていた。


翌週から、練習三昧の日々が始まった。

土曜練習は、思いの外ハードだった。夏はどんどん深まっていくけれど、防音室だから窓は開けられない。一応扇風機はついているけれど、真夏の閉鎖空間にはなんとも言えない息苦しさがあった。それでも、合わせ練習に入ったとたん全身に爽快感が溢れるから不思議だ。

ヘロヘロになったりたまにケンカになりそうになったりするときもあったけれど、もうなにも隠すことも飾ることもない私たちは最強だった。一度演奏するたびに一つ私たちを繋ぐ糸を増やし、いよいよ「ＳＵＫＩＹＡＫＩ」は油川ミュージックフェスティバルの日を迎えた。

＊

「あづいよー」

例の「ＳＵＫＩＹＡＫＩ」Ｔシャツを着たタニシュンが、楽屋の床に大の字になっていた。あづいあづいあづいあづい、と言いながらのたうち回る。そんなに動くから暑いんだろうが。

「ほら、しっかりしなよ。これからもっと暑くなるんだから、バテてらんないよ」

Ａフェス当日。市民センターの体育館に、魂が宿る日。窓の外に広がるのは、筆に直接絵具をつけて塗ったかのようなべた塗りの青空。焦らすような光の中を、夏の乾いた風が旋回する。なんか、炭酸が飲みたくなる。サイダー日和って感じだ。

現在の時刻、午前十時ちょい過ぎ。イベント開始は午後一時からだけど、すでに多くのスタッフさんや出演者さんたち、更には出店の人たちがせわしく動いている。マコトさんは、最後の運営会議に出ているらしい。楽屋の入り口に「ＳＵＫＩＹＡＫＩ様」と書いてあるのを見たときはちょっと噴き出しそうになった。

「リハーサル用の防音室、譲り合って使ってくださいって。かなみんとセッキーが来たら、一旦リハしよ」

「んだな。うおっし、俺もとりあえず鳴らすかぁ！」

ぐぃん、と勢いよく起き上がり、ホルンケースを開けるタニシュン。ホルンのことなったとたん、急に元気になるんだから。赤いケースから、優しい金色のボディが現れた。

「よろしくなぁ！　久々のステージだぜ」

タニシュンは、ホルンを構え、ウォーミングアップを始めた。その首筋に流れる汗が、いつになくまぶしく見える。

ちょっとジュース――それこそサイダーでも買いに行こうかという話になり、私とタニシュンは楽屋のドアを開けた。廊下に出ると、黒いTシャツを着たいかにもバンドを組んでいそうな男の子が壁に寄りかかって楽譜らしきものを見ていた。この子も演奏するんだろうな、と思いつつ脇を通り過ぎる。

「おはよ……」

通り過ぎてから、二人で顔を見合わせる。今、あの男の子、あいさつしてきた？

パッと同時に振り返ると、男の子は吐き捨てるように言った。

「無視かよ」

「ごめんなさい……え……え？　は？」

私は目をぎゅうっと細くしてその顔を見た。鼻筋が通っていて、結構きれいな顔をしている。いや、まさかだけど。

「セッキー……？　じゃないよね」

「なんでだよ」

相手はますます不機嫌そうな顔をした。隣にいたタニシュンが「は!?」と驚き、そして硬直する。固まったまま、おそるおそる声を発する。

「セッキー？　マジで、お前？　北田中二年四組の関慎二？」

「え……セッキー？　マジ？　ウソだ。セッキーなの？」

「なんだよ。俺だってば」

ええええぇー!?

マンガみたいな素っ頓狂な声を上げてしまったもんだから、近くにいたスタッフさんたちがびっくりしてこっちを見た。私とタニシュンに与えられた衝撃は、それを気まずいと感じる余裕すらくれない。

頬を熟しかけのりんごみたいな淡い赤に染めているセッキー。

いつも黒縁メガネの奥で鋭く光っていた瞳が、キラキラと丸く煌めいている。髪の毛はおしゃれにセットされ、首には十字架のネックレスがかかっていた。

こいつ、こんなに垢抜けるのか。

「お前……どうしちゃったんだよ！」

タニシュンが若干涙目になって叫ぶ。今から整形しに行く、この顔面で同じステージに立てないと大騒ぎだ。

「みんな、ほんっと騒がしいなぁ」

向こうから、会議を終えたらしいマコトさんがニヤニヤしながら歩いてきた。セッキーの肩に腕を回すと、私とタニシュンに向かって言い放つ。

「どう？　気に入った？　あたしプロデュースのセッキーは」

え、なになにどういうことなの？　状況が飲み込めないまま、私はセッキーの顔を見た。もじもじしながら、恥ずかしそうに答える。

「マコトさんにちょっと早めに来い、って言われたから来てみたら……」

「クロロホルムかがされて、気づいたらこの状態だった？」

タニシュンの冗談に、「あんた、あたしをなんだと思ってんの」と笑うマコトさん。

「初めて見たとき、こいつ絶対化けるなって思ったんだよね。だからちょっと試してみたかったの！　ダメ？」

「いや、全然いいんですけど」

いや、よくないわ。かなみんがドラムに集中できなくなるわ。

「メガネ無くても演奏は大丈夫なの？」

「うん……そもそも勉強に集中したいからメガネかけてるけど、裸眼でも日常生活に支障ないくらいの視力はあるし」

「いやぁ……お前、絶対いつかコンタクトに変えろよ」

ようやく目が慣れてきたタニシュンが、笑って言った。セッキーは、照れくさそうに笑った。

私たちはみんなでジュースを買って、もう一度かなみんを待つべく楽屋に戻ろうと歩き出した。

その、ときだった。

「あ、あの！」

ぱたぱたと後ろから駆けてくる足音がある。私たちは一斉に振り向いた。北田中の制服姿の女の子が二人。一人は三つ編みで、もう一人はショートカットだ。……誰？

「あのっ……先輩」

表情を変えたのは、タニシュンだった。

この子たち……もしかして、吹奏楽部の後輩か？

「……久しぶり。どうした」

ぎこちない笑みを向けるタニシュン。三つ編み姿の女の子が、少し俯きながらなにか言おうとする。

「あの……先輩っ……谷岡、せんぱ……」

あとからあとから溢れてくる涙を、必死に拭いながら彼女は言葉を紡ごうとした。それでも、とうとう顔を覆ってなにも言えなくなってしまった。今度は、ショートカットの子が三つ編みの子の背中をさすりながら、困惑するタニシュンの顔を見つめた。

そして、言った。

「私たち、谷岡先輩のことすっごく尊敬してます……」

タニシュンの顔が辛そうに歪む。やめてよ。こんな大事なときに不用意なこと言って、タニシュンの心、乱さないでよ。でも、彼女たちだって必死だったんだ。

「厳しく指導してくれた谷岡先輩のおかげで私たちグリッサンドのところも吹けるようになったし、ホルンが好きになりました。だからっ……」

一度言葉を止めて、はぁっと息を吐き、彼女は絞り出した。

「本当は、もっと谷岡先輩と一緒にホルン吹きたかったです――」

とうとう、ショートカットの女の子も泣き出してしまった。二人してしゃくり上げる後輩たちを、タニシュンは穏やかな、でもどこかきりっとした表情で見ていた。もう、困惑の色はない。まさしく、先輩の顔だった。

「俺さぁ、『宝島』のグリッサンドのとこが、汽笛に聞こえるんだよ。これから財宝が眠る島に向かって出航する、船の音」

二人は、何度も頷いた。こないだ初めて『宝島』の音源をがっつり聞かせてもらって鳥肌が立った。タニシュンが言うように、ホルンのグリッサンドは汽笛みたいに聞こえた。すごく、カッコいいと思った。

「ぶっちゃけこの曲のホルン、鬼畜かっていうくらいムズいし……吹部、辛いことも多いけどさ、この練習の先になにか得られるお宝があるんじゃないか、波にもまれてもまれて、いつか宝島を見つけられるんじゃないかな……って信じて、俺、頑張ってた。やったるぞ！って思いながら、汽笛を鳴らしてた。そして……気づいたら、バンド組んでた」

タニシュンの顔は、晴れやかだった。

「俺、今ほんと楽しいんだ。ホルンはさ、頑張っただけきれいな音聞かせてくれるよ。二人とも、すげぇ頑張ってたの知ってるし。だから、今日の演奏聞くの、めっちゃ楽しみにしてきたんだよ」

タニシュンの言葉に、ガクガク頷く二人。タニシュンは、ホルンの音色みたいな、力強くて優しいエールを送る。

「汽笛、思いっきり聞かせてくれ。そして、演奏を楽しんで。いいな」

「はい」

ショートカットの女の子が頷いた。

「坂本《さかもと》も、わかった？」

「……はいっ」

ありがとうございました、と言って二人は去っていった。タニシュンは、しばらくぼーっと後輩たちの背中を見ていた。

わかってくれる人はわかってくれてるじゃないか。嫌われてなんかないよ。ちゃんと、伝わってたんだよ。

動かないタニシュンを見て、セッキーが心配そうに「大丈夫？」と声をかける。タニシュンは少し目を丸くしたけれど、ニカッと笑って頷いた。開けた窓から吹き込んでくる風が、やけに涼やかに私たちを包む。


「タニシュン」

え？　と、私たちは一斉に振り向く。女の子たちが去っていったのと逆方向から、男の声がした。

山名だった。

「山ちゃん……」

タニシュンの顔に、切ない色が宿る。でも、山名はこわい顔をしていた。なぜか、少し顔が赤い。なにを怒っているのか、鼻息も荒かった。

「お前、イベント十一時からって言ったよな。早起きして来てやったのに、一時からじゃねぇかよ」

「え！　ウソぉ」

やべぇごめん、多分マジで間違えて伝えてた！　と両手を合わせるタニシュン。山名は険しい顔を崩さないように唇を噛んでいるけれど、それがなんとも言えず辛そうだった。へらへら笑うか、髪の毛逆立てて怒っている山名しか見たことないから、なんか変な感じだ。

タニシュンは返事のない山名を黙って見ていたが、優しい表情になって言った。

「なぁ、来てくれてありがとな」

タニシュンは、少し涙声になっていた。

「クラスで演奏聞きに来てほしいって思ったの、山ちゃんだけなんだって」

「タニシュン……俺」

ついにこわい顔の仮面がはがれた山名は俯き、ズボンを握りしめて言う。

「俺、関に謝りたい」

え……？

いささかびっくりした。山名、ここ最近全く仲間とつるまずおとなしくしてたから
「ふてくされてんのかな」って思っていたけど、きっとこいつなりに反省してたんだ

ろうな。

タニシュンも驚いたように何度か瞬きしたけれど、すぐに「あぁ」と優しい笑顔を見せた。

「それはいいけど、山ちゃん、あれ誰だと思う?」

そう言って、タニシュンはこっちを指さしてきた。山名はチラッとだけこっちを見て言う。

「……鳴海だろ、ただの」

ただのってなんだ。気づいてないんかい、私の隣にいるのがセッキーだってことに。

「あさもいるけど、その横」

なんだよ、と言いながらゆっくりと目線を上げる山名。セッキーが、ごくっと唾を呑んだ。

「え……え?」

「セッキーだよ。あ、関慎二のことな」

山名は驚きを隠しきれず、新生関慎二を凝視した。目をこすり、細め、じろじろとセッキーのことを見る。目が合ったのか、パッと視線をずらした。

タニシュンはいつもみたいにきゅっと目を細めて笑い、山名の肩にぽんと手を置いた。

「俺はね、本音言えば二人には仲良くなってほしいよ。セッキーのことも、山ちゃんのことも大好きだから。でも、全部、二人次第」

タニシュンの目を見て、山名は覚悟を決めたように頷いた。一歩前に出て、セッキーの目をちゃんと捉える。

「関、ごめん」

絞り出すように言って、頭を下げた。

「本当に、ごめん。タニシュンのことが心配で、周りが見えなくなってた。もう二度とあんなことしません」

フランクフルトってもうちょっと届くよね。マイク音大丈夫？　下での会話がはっきりと届くほど、私たちの間に流れる時間は静まり返っている。

セッキーは、ただじっと山名の顔を見ていた。受け入れているのか、拒んでいるのかもわからないけれど、なにかを窺うような真剣な表情をしている。その感情がわからず、私もタニシュンもかたまったままなにも言えない。

「もう、二度としない。だから……」

と、そのとき、突然山名の身体が揺れた。後ろに数歩よろめくと、へなへなと床に座り込んでしまう。

「うわ、山ちゃん！　どした」

タニシュンが、慌てて山名の身体を支えた。目の焦点が定まらずぐったりとする山名を見て、タニシュンはハッとする。

「お前……もしかして熱ある？」

山名のおでこに手を当てるタニシュン。あっつ！　と声を上げた。

さっきからやけに顔赤くて息も荒いなぁと思っていたけれど、具合が悪かったのか。

山名は、はぁ……と息をついてから言った。

「……多分、夏風邪で」

「山ちゃん、そんな身体で――」

タニシュンが切なげに顔を歪めたそのとき、セッキーが山名の前にしゃがみ込んだ。

「やっぱりな」と呟くと、眼光鋭く山名を捉える。

「おい、山名」

名を呼ばれ、びっくりしたように目線を上げる山名。

「お前、ただのバカだからね」

体力を使い果たしてしんどそうな山名に向かって、冷酷に言い放つセッキー。ドキドキする。こんなところで、復讐劇でも始まるのかな。

だけど、セッキーの顔には悪意の欠片もなかった。ただただ真剣な顔で、ものすごく冷たく言い続けた。

「熱あるけど友達の演奏あるから無理してでも行かなきゃ、じゃねぇんだよ。いい話でもなんでもねぇから。来る途中の道で倒れたらどうする。こんな田舎じゃ、誰にも見つけてもらえないかもしれないんだぞ。轢《ひ》かれるかもしれないんだぞ。親の車呼んでさっさと家に帰れ」

「親……今日仕事」

消え入るような声で言う山名。セッキーははぁ、とため息をつくと、カバンから財布を取り出して中の五千円札を渡した。山名は、え、と赤い顔に戸惑いを浮かべた。

「今、タクシー呼んでくるから。一か月分の小遣いだから、さっさと返せよ。家に帰ったら熱さまし飲んで安静にしてろ」

私とタニシュンがおろおろしている間に、もうセッキーは公衆電話のある階下へ向かっていた。下りる直前、熱のせいか身体が震え始めている山名に向かって鋭く言った。

「俺、自分の身体大事にできないヤツが一番嫌いなんだよ」

山名はタニシュンに支えられたまま、とどめを刺されたようにぐたっと頭を垂れた。

山ちゃん、しっかり！　と慌てて声をかけるタニシュンに、山名は弱々しく数度頷いてみせる。そして、小さく言う。

「よかったぁ……」

まるで、全て許されたみたいな安心感に満ちた声。聞き捨てならないな。

「山名、顔上げて」

私が言うと、山名はゆっくりと顔を上げて赤い目を向けた。私は、低い声で言った。

「次セッキーに調子乗ったことしたら、許さないから」

発した当人の私ですらぞくりとするほどドスの利いた声に、山名の頬がぴくっと動く。タニシュンは安心させるように優しく言った。

「信じてるよ。山ちゃんがほんとは優しい人だって、俺、ちゃんとわかってるからね」

ズッと鼻を啜り、もう一度顔を隠すように下を向く山名。辛そうだし、もう勘弁してやろうか。なにはともあれ、ひどい仕打ちを受けたことへの恨みを、医者を目指すものとしての性《さが》が上回ってしまったセッキーの勝ちだと思った。

セッキーが公衆電話から戻ってきてからタクシーが到着するまで私たちはずっと山名についていた。マコトさんも事情を聞いて運営に報告するなど、協力してくれた。山名を乗せて走り去っていくタクシーを見つめながら、改めてもう二度と調子に乗ったことするなよと心の中で言う。それでもいつか、タニシュンが大好きな二人が繋がれたらいいな。

山名がいなくなったあとで、タニシュンはちょっと申し訳なさそうにセッキーの顔を見た。

「セッキー、ごめんな勝手に山ちゃんのこと呼んで。ちょっと、嫌だったろ」

「……そんなことないよ」

セッキーの声は小さいけれど、気を遣っているような感じではなかった。そのままタニシュンの顔を見上げながら続ける。

「あいつをフェスに呼んで、あわよくば俺と和解させられたらいいなぁとか思ってたでしょ」

「うーん……ぶっちゃけちょっと、あった。そういう魂胆《こんたん》。ごめん」

てへ、と笑うタニシュン。あったんかい。でも、セッキーの表情は怒っていなかった。むしろ、柔らかかった。

「そういう……仲良くさせようとしてくれる気持ち、俺、嬉しいよ」

「え……マジ？　ならよかった！」

ホッとしたような笑顔になるタニシュン。セッキーは、まだなにか言いたげだった。どこか「エイトさんのファンだった」と打ち明けてくれたときと同じような緊張した空気を感じる。

おもむろに口を開くセッキー。

「あのさ……谷岡」

「ん？」

セッキーは、少し深呼吸してから、凛と澄んだ声で言った。

「いつも……助けてくれてありがとね」

ありがとう。たったの五文字に、その場の空気がふわりと柔らかく揺れる。

セッキーの目は、ちゃんとタニシュンの目を見ている。まっすぐに、曇りなく。

「他の人とぶつかりそうになったときさりげなく助けてくれたり、どれだけ俺が卑屈になって冷たくしてもいつも優しく話しかけてくれたり……谷岡がしてくれること、全部、お兄ちゃんが生きてたときにしてくれてたことなんだ」

セッキーの瞳が、少しだけ潤む。それにつられるように、タニシュンの目にも光がにじんだ。

そういえば、お兄さんは自分とは似ても似つかないような明るくて温厚な人だったって、セッキー言ってたな。少しだけ、セッキーの中でお兄さんとタニシュンの姿が重なって見えているのかもしれない。

セッキーは深呼吸すると、意を決したように言った。

「これからも仲良くしてね……タニシュン」

「っ……」

言った。はっきり、「タニシュン」って。

タニシュンは私の顔を少し泣きそうに見たあとで、勢いに任せてセッキーに飛びつく。

「仲良くする！　一生っ！」

やめて、と冷めた目で押しのけるセッキー。急にドライなの、めちゃくちゃ面白いな。

正反対の二人だけど全然歪《いびっ》な感じがしないのは、お互いに本当に大事な友達だと思い合ってるからなんだろうな。最高のコンビだね。

ようやくみんなで楽屋に向かうと、かなみんがもうすでに入り、体育座りしていた。

心なしか、メイクはいつもより気合が入ってる。

「もー、遅いよー。早く防音室でリハしようよぅ」

「かなみん、セッキーのこと見てみ」

「へ？」

かなみんは、小首をかしげて目線を上げ、セッキーの姿を捜した。

ことを察したときのかなみんの黄色い悲鳴は、多分油川中に響き渡った。

「んじゃ、リハ行きまーす！」

いよいよだ。リハーサルには、マコトさんも立ち会ってくれることになった。

勢いよくギターを担ぐ。ピックを持って、いつものごとくチューニングだ。ちょっと、びっくりした。一発目から、チューナーは緑色に光ったのだ。どの弦をはじいても、一瞬赤くなることはあれどほとんど音がずれていない。こんなこと、初めてかも。

「タニシュン、スタンバイオッケー？」

タニシュンは、返事の代わりにいつもよりも力強い音を出した。

「かなみん、オッケー？」

いえぇぇぇぇい！　と叫びながらドラムを叩くかなみん。

「セッキーも、大丈夫だね？」

セッキーは、こちらを見てこくっと頷いた。

マコトさんが、グッと親指を突き出して見せる。

「一、二、三、四――」

軽やかに。リズミカルに。全てを解き放つかのような気持ちで、私は弦をはじいた。

まもなくして、かなみんのドラムが弾ける。セッキーのベースが下をどっしりと支え、タニシュンのホルンがキラキラと響いてきた。

ああ、これだよこの感覚！

イントロの最後になるベースの音を聞くと、私は夏の空気を肺いっぱいに吸い込んだ。一発目から、ぱぁんと明るい声が出る。

ただ、流れる風のようにリズムに乗った。腹の底から湧き上がるエネルギーが、ジェットコースターみたいに喉を駆け上がって溢れてくる。背中に伝う汗すら爽快感に満ちていた。本当に、私たちに似合う最高の曲だ。

最後のフレーズを歌い終え、ギターのラスト一音まで楽しむ。私たちは、やりきった。

「サイコー！」

マコトさんは立ち上がってパンパンパンと破裂音みたいな拍手をした。目が、うっすら涙ぐんでいる。

「すごいって、みんな。これが青春だって」

青春――今までの私には縁のなかったはずの言葉が、煌めいて耳に届いた。タニシュンもかなみんもセッキーも、放心したようにうっとりと余韻に浸っている。

「よし、他にも防音室の順番待ってるバンドいっぱいあるから、あとはイベント開始までプラプラしてて。フェスが始まったら本番までは適当に出店食ったりして待ってな！」

マコトさんは、このあと受付やらなんやらで忙しいらしい。私たちはなにか打ち合わせをしたわけではないけれど、出口の前で横一列になり、マコトさんに頭を下げた。

「今まで、ありがとうございました」

どういたしまして、とちょっとクールに微笑んだマコトさんが最高にカッコよかった。

いよいよ一時になった。控えめな花火が打ち上がり、いつもの市民センターの体育館がライブ会場に様変わりする。お客さん、前のほうの観客席だけでも百人くらいはいると思う。その他、飲食ができる後ろのほうのテーブル席でも、みんな楽しそうに談笑していた。

司会者の流れるような声の隙間には、出店の人たちの威勢のいい声が聞こえる。

「いよいよって感じだねぇ」

血色のいい頬に手を当て、かなみんがしみじみと言う。八月上旬に青森ねぶた祭が終わると青森市全体としては夏が終わったような雰囲気になるけれど、油川はこのAフェスで夏第二ラウンドを迎えるのだ。けっして派手ではないけれど温かい、このまちのささやかな希望。

私たちは、後ろのテーブル席で談笑するお年寄りの隙間に座って、隣村の特産品であるトマトを使ったアイスを食べた。優しい甘さとわずかな酸味が、ふわっと舌になじむ。あっという間に、食べちゃった。

かなみんが、最後の一口を食べてから頬杖をついて言った。

「セッキー、ウチのママが作るトマトケーキとこのアイス、どっちが美味しかった？」

「え？」

怪訝そうに眉間にしわを寄せるセッキー。あーあ。かなみんの話、なんにも聞いてなかったのバレちゃうね。

黙っているセッキーに、かなみんがキャンキャン吠えた。

「言ったじゃん！　ウチのカフェのトマトケーキ食べたことあるって！」

「え……？　家、カフェなの？」

「それも知ってるって言ってたじゃん！」

ぷん、とほっぺたを膨らますかなみん。セッキーは苦笑いし、後頭部をぽりぽりと掻いて言った。

「ごめんって……今度行くよ」

「ほんと!?」

ガタッと椅子から立ち上がり、セッキーをキラキラした目で見るかなみん。

「じゃあ、今度休みの日遊びに来てよ！」

「うん……カフェとかあんま一人では行かないけど、夏南の家なんだったら……」

これは、かなりいい流れなんじゃないか？　聞いているこっちが楽しくなってくる。

それなのに、

「いいね！　んじゃ、みんなでかなみんちのカフェ行くか！」

弾んだ声で言うタニシュン。とっても馬鹿野郎だ。私はタニシュンの腕にずぶっと人差し指を突き刺し、耳元でこしょこしょと言った。

「ダメだよ。かなみんとセッキーと、二人の世界なんだから」

「え……？　そんなに仲良いんだっけ、二人」

なんか、私なんかよりタニシュンのほうがよっぽどひどい鈍感なんじゃないかと思えてくる。いや……それとも、私が前よりも少しだけ恋というものに敏感になったのだろうか。まあ、どっちでもいいや。

私は、かなみんににっこりと微笑みかけた。

「私とタニシュンはどっかに遊びに行くから。二人で、楽しんでね」

嬉しそうに頷くかなみん。セッキーも、ちょっと怪訝そうにだけどこくっと頷いた。

楽しんでね。叶うまで、ずっと見守ってるから。

なんの気なしに後ろを向いて、ドキッとした。端のほうに立っている女性――セッキーの、お母さんじゃん……。

だけど、自然と不安は覚えなかった。明るいベージュの服と、遠くから注がれる柔らかい眼差し。学校に怒鳴り込んできたときの彼女とは違う。

セッキーのお母さんは私の視線に気づくと、軽く微笑んで小さくお辞儀した。私も、ちょっと慌てたけれどぺこりと頭を下げた。

「誰かいたの？」

セッキーに聞かれ、答えるか迷ったけれど、もう一度セッキーのお母さんのほうを見た。

「あ……」

セッキーの目が、はっきりとお母さんを捉える。少し泣きそうな顔になるお母さんに、セッキーは小さく手を振った。そして、ぽつりと言った。

「ベース弾いてるとこ、初めて見せるんだよね」

「そうなんだ……」

お母さんが口うるさいから、お父さんやお兄さんと音楽をしているときが幸せだって言ってたもんね。でも、これからはお母さんもセッキーの好きなものやりたいことを大切にしてくれるんじゃないかな。

「お父さんもお兄ちゃんも、喜んでるんじゃねぇかな」

タニシュンが言うと、セッキーは少し微笑んだ。

「そうだね」

言って、もう一度お母さんのほうを見るセッキー。その眼差しが、いつもより優しい。

駅ビルのカフェよりも、あの日の学校よりも、二人の距離は離れているけれど、なぜかずっと近くなったように見えた。

「お、吹部来た！」

タニシュンの声で、私たちは一斉にステージのほうに目を移した。楽器が、昼の光に煌めいている。

吹奏楽部の演奏が始まる。一曲目から、『宝島』だ。

荒れた黒い海の上を、希望の光に向かって進む一隻の船が頭に浮かぶ。タニシュンの後輩たちのホルンから響く吠えるような汽笛の音は、この間の八甲田丸がくれたエールにも似ている。

波にもまれてもまれて、やっと見つけられた大切なもの。それは、タニシュン、かなみん、セッキー――みんなのことなんじゃないかと思う。

「そろそろ出番だ！　行くか」

タニシュンの言葉に、私たちは大きく頷き、立ち上がる。

心臓が、どっどっどっどと激しいリズムを刻む。大丈夫、大丈夫。最高のステージになる。

「……あさ、緊張してる？」

タニシュンが、小さな声で聞いてきた。正直に頷く――頷いた瞬間、ぎゅっと両手のひらを握られた。

「えっ」

先行ってるよー、とセッキーの腕を掴んで遠ざかっていくかなみん。私は、ゆっくりとタニシュンを見上げた。少し頬を赤くして、握った手に力を込めるタニシュン。

「大丈夫。俺、隣にいるから」

私はガクガク頷いて、タニシュンの手を握り返す。

繋いだ手から、タニシュンの体温が、脈が、とくとくと伝わってくる。心の芯からぬくもりが溢れた。

タニシュンは、音楽に似てる――。

「ありがと」

思わずはにかんで言ったとたん、なぜか私の頬にも熱が集まってくる。

タニシュンへの思いのチューナーが、完全に色を変えた。

「どうも、SUKIYAKIでーす！」

タニシュンの弾けるような声が響くと、大きな拍手が起こった。その温かい音に包まれながら、呼吸を整える。

会場を見渡せば、お母さんがいた。離れたところに住んでいるいとこがいた。近所の優しいおばあちゃんも、大好きなお惣菜屋さんのご主人も。みんな、安心しきったような穏やかな笑みを浮かべてステージを見つめている。そして、周りには、大好きな仲間がいる。これが、栄兄の見ていた景色だと思うと、熱いものがこみ上げてきた。

色々なことに悩んで、色々な人との関係につまずいて、自分の本心や大切なことが見えなくなることも、迷いもたくさんあった。ペグを回せど回せど不協和音で、全部投げ出したくなるような瞬間もあった。将来ミュージシャンになりたいか、それは正直まだわからない。でも、この晴れ渡った夏の日に、私の心にあるチューナーのうちの一つが、世界中を照らせるくらいのまばゆい緑色に輝いている。

私は、ここにいる、仲間が好きだ。そして、みんなに出会わせてくれた音楽が大好きだ。誰がなんと言ったって、たとえバカにされたって、好きなものは好きだ。それが、私なんだ。引き寄せられるように出会ったみんなと奏でた音楽で、目の前にいる誰か一人にでもぬくもりを届けられたら、今はそれでいい。

汗ばんだ指でピックをグッと握り直す。

「それでは、聞いてください！『朝の合図』！」

窓の外から吹き込んでくる穏やかな夏風を心に取り込んだら、じゅわっと視界がにじんだ。

栄兄、見ててね！　好きに歌うよ！

こんな幸せな瞬間にくしゃっとした泣き笑いを浮かべながら、私は会場いっぱいに響き渡る声で叫ぶ。

一、二、三、四――！

〈完〉

あとがき

はじめまして、風祭千と申します。

本作は、第四回文芸社文庫ＮＥＯ小説大賞最終候補作を改稿したものです。多くの方の支えがあり、自分にとって大切な作品に仕上がりました。感謝の気持ちでいっぱいです。

自分は小学生の頃から小説家に憧れていて、高校では文芸系の部活に入り短編を書いていました。本作はセンター試験が終わったあと、三年間の部活動の集大成、そして「これから本気で作家を目指すぞ！」という決意表明として初めて執筆した長編作品です。元は誰に見せるつもりもなかったのですが、偶然見つけた文芸社文庫ＮＥＯ小説大賞が非常に面白そうだったので、完成以降何か月も眠らせていた原稿を出してみました。本当に応募してよかったです。

自分はピアノは昔弾いていましたが、軽音楽については完全な素人です。執筆前はギターとベースの違いがわからないレベルでした。それでも音楽を題材にしようと思ったのは、高校時代、舞台である油川の音楽イベントを見に行き、なんと素敵で温かな催し物なのだろう……と感動したためです。そのときは受験シーズン真っ只中でしたが、いつかこの感動やリアルな温度を、小説という形で表現してみたいなと思いました。

受験が一段落したあと、妹と一緒に近所のショッピングモールに遊びに行ったところ、ギターの販売会が行われていました。冷やかし程度に見ていたら、お店のおじさんがギターを弾いてみせてくれることに。そこで初めて「チューニング」という作業を知り、めまぐるしく色を変えるチューナーが青春時代の揺れる心を表しているように感じて、中学生のバンドを描くと決めました。

さすがに今はギターとベースの区別がつきます。管楽器も執筆前は「笛かラッパ」くらいのアバウトな脳内分類をしていたのですが、今では吹奏楽の演奏動画を見て大体の楽器の名前が言えるようになりました。知れば知るほど、音楽はいいものですね。

高校三年の終わりから大学三年の現在に至るまで、ＳＵＫＩＹＡＫＩの皆さん方とは随分長い付き合いになります。これだけ長く一緒にいると、みんなは単なるキャラクターではなく、大切な親友のような感じです。自分自身中学時代は、憧れの作家さんたちと自分との実力の差に慄《おのの》いて全く書けず、物書きを目指すことも書くこと自体も躊躇《ためら》っていたので、あささんの気持ちが非常にわかります。でも、高校で部活として本格的に小説を書き始めてから、よい仲間や先生に恵まれ、「風祭の作品が好き！」と言ってくれる人も現れて、たとえ下手でも目の前の一人が喜んでくれるなら筆を握り続けよう、書くことが好きな自分の気持ちに正直になろうと思うことができるようになりました。

夢があるのはよいことですが、目標が大きすぎると動きづらいときがあります。まずは目の前のことから一歩ずつ、楽しんでみたらいいかも。その過程で、あささんが出会ったような心強い仲間ができれば素敵なことです。

最後になりますが、作品をブラッシュアップするにあたって全力で支えてくださった文芸社の皆様、イラストレーターのおとないちあき様、そして読者の皆様、本当にありがとうございました。

またどこかで皆様にお会いできるよう、楽しく書いていきます！

本作品は当文庫のための書き下ろしです。

本作品はフィクションであり、実在の個人・団体などとは一切関係がありません。

文芸社文庫NEO

チューニング！

二〇二二年五月十五日　初版第一刷発行

著　者　風祭 千

発行者　瓜谷綱延
発行所　株式会社　文芸社
〒一六〇－〇〇二二
東京都新宿区新宿一－一〇－一
電話　〇三－五三六九－三〇六〇（代表）
〇三－五三六九－二二九九（販売）

印刷所　株式会社暁印刷

ISBN978-4-286-23708-4

［文芸社文庫ＮＥＯ　既刊本］

青田風
笹井小夏は振り向かない

進級が危うい高2の来夢のもとに、大学生の家庭教師・笹井小夏がやってきた。不思議ちゃんな小夏に振り回されながらも、彼女の魅力に惹かれていく。第4回文芸社文庫ＮＥＯ小説大賞大賞受賞作。

片汐芒
ラジオガール

目覚めたら女の子の体になっていた。自分が誰か、この体が誰のものかわからない。そんな時ラジオから少女の声「ハロー！　わたしラジオガール！」。失くした記憶とこの体の持ち主を探す旅に出る。

田中ヒロマサ
横浜青葉高校演劇部　コント師になる!?

廃部寸前の演劇部部長に、お笑い賞レース出場の話が舞い込む。中学時代からの個性的な仲間たちと共に同じ目標を掲げた時、止まっていた時計が動き出す。5分の笑いにすべてをかける青春物語。

吉川結衣
放送室はタイムマシンにならない

円佳の通う高校の放送部には「タイムトラベルができる」という伝説がある。過去にこの学校で何があったのか――。高校生として第1回文芸社文庫ＮＥＯ小説大賞に輝いた若き作家の受賞第一作。